潮本

陳淑瑤 著

目次

輯二

輯三

輯四——

巢 代序

初發現陽台冷氣台上有個小蜂巢，我又是一陣急驚風，慌想著如何除之而後快。然而憂患意識常常是這樣來得有憑有據，又去得無影無蹤，乍看彷彿包容了令人擔憂的事物，實則越來越慣性的暫且擱置。

這巢築造在那綠辮子狀的多肉藤蔓上，巢脾以一根枯草梗似的東西固著，外表泛著蠟質油光，好像是焊接上去的，在蒼綠的植物身上燒灼出一塊焦黑。這讓我想起小時候模仿大人的動作，將燭條斜傾，燭油滴在桌面上，趁熱把蠟燭用力黏立在燭油堆上，燭油冷卻成為固態，無依無靠的燭條便直立在桌子上了。不同的是火苗向上燃燒，蜂巢則垂直向下發展。

這巢築造在台面上最內側那排花盆的面壁處，多肉藤蔓自居中的花盆向外緣延伸垂掛，最密集的有七節藤蔓匯聚於旁邊的一個清水模的矮盆邊，牠們選擇這堵屏障寄居，若非夏季密集活動行蹤敗露，很難眼尖斜視覺察牠們藏匿於此。最初一有嘎嘎作響像電動鑿子的蜂類飛行物體從外頭直衝陽台而來，反射動作奪門而入，冷氣台砌在門邊，牠們的出入口接近我的出入口，牠們像是衝著我來的，難怪我奔命躲避。沒想到牠們對於螫人不感興趣，至少目前是這樣，只專心致力於建造宿舍，不招惹任何入侵者，遇見龐然大物還會迂迴繞道，暫緩回巢。

於是，我還是可笑的閃躲幾下，但不再急忙躲起來，尤其喜歡看牠們熟門熟路的飛到台邊精準停降，然後循著綠色繩索倒吊攀爬進入巢穴，那動作之老練從容，帥呆了，非常適合配上一段〈不可能的任務〉。

牠們得以居留的另一個原因是我可以站上沙發透過密閉的玻璃窗監視牠們，牠們也怕玻璃這種洩密的東西嗎？巢在窗口左下角，已經出框了，我整個臉湊到玻璃上面窺探，牠們彷彿就在我鼻尖上。在陽台由下往上仰望，木料纖維的波紋巢室像過度曝曬的老紙，輕易一掐就會碎裂；從這裡由上而下注視，蜂巢的質感堅若岩石，宛如一座懸崖。

蜂群懸掛於巢室開口，紛紛以口就巢，好像在補充什麼進去，食物或建物，也好像在吸取什麼。分秒必爭的動作一刻不得鬆懈的氛圍，「死守」這種字眼浮現出來，有如戰亂時最高聯絡指揮部，漫天的密碼和指令不停在發送解讀中，這個網絡一旦毀了，滅亡的時刻也到了。

隔行如隔山，任何專業的工程都是漫長而枯燥的，看得津津有味畢竟偶爾，一晃眼，我們同一個屋簷下似乎已經很久很久了。時間沒有化為數字或文字就會糊成一團，我想沒有三年也一定有兩年，兩個夏天的颱風我在陽台收拾殘局，它只好像微風吹入小巷，文風不動。

原以為空間不大，巢室發展有限，至少碰壁就收，後來竟反過來是我對牠們緩慢的進度感到疑惑，發現至今，巢殼擴充不到一倍，約莫只我掌心大小，好像一個打開的牡蠣殼已經成形了，雖然巢室裡一顆顆珍珠白的蛹還陸續在成長變化。也許牠們要的規模原本就是這麼大。

有時牠們也會以我的小園作為採集的場所，低低的流連飛舞，或許是我洗陽台的那一天，或許是陽台多了一盆石蓮那一天，更多的是我不明白所為何來的一天。逾時不歸總不是好現象，有一隻在地上漫步，另一隻在低矮的葉片上爬行，還有一隻不支倒地，我觸碰牠收斂的深琥珀色的小翅膀，牠便走了起來，消瘦的身體毫無光澤，好像武功被廢了，飛不起來。待我要進屋，發現牠爬到我的腳上了。

我站上沙發，靜靜看著在巢脾背面，也就是懸崖上面，靜止不動的幾隻蜂，想點數共有幾隻，又覺得不管生生死死，似乎都是同一隻，天色灰濛濛，牠背上華麗的紋路一覽無遺。

輯一

田

母親和姊姊到田裡去了。我打電話給姊姊叫她先別回來，我要去田裡找她。她說她們已經在回家的路上了。

這田很近，出門大路直走不到百公尺，第一條右轉小路，在村裡面，旁邊猶有民舍，路程不到其他田的一半。阿嬤生前猶下田時這裡的工作盡量讓她來，她可以邊做事邊和田的左鄰右舍聊天，再不慌不忙回家煮飯看家。我們用讀書寫字做藉口的那些年也喜歡到這裡來，少了一點工作的感覺，玩的成分居多。

我叫姊姊再陪我去一下，不走她們剛剛走的村路走海路，這樣可以走遠一點，有足夠的距離將包括我們家在內的一排鄉間房舍盡收眼底，而海就在腳邊。

我們在第一個路口轉彎，只是右轉改成左轉，沿著矮石牆走，牆邊田園都尋遍了，就是沒看到它。只好穿過小路入村，以大路和民舍為經緯，再往前走一小段才是我們要走的路要找的田，原來是多了一條聯絡村與海的田間小路，把我們搞糊塗了。

剛剛她們來給絲瓜澆水，絲瓜種在硓砧石牆下，都超過一公尺長了，但不到踴躍開花的時候，我聞到的盡是散布在走道兩旁有機肥桶飄出來的臭氣。每一桶的臭相不同，臭法也不同，黴麻灰的，沫藻綠的，每一個照面都會有一個形容從我感官和腦中即刻蹦出，都與腐爛的食物有關。不刻意去吸聞它，它漸次昇華自然飄散在空氣中，一種有厚度有纖維的天然氣息，芳香刺鼻。

隔著只到胸口的硓砧牆我們看見一個陌生的長輩，我低聲問他誰？姊姊說是她同學的叔叔，現在回來這裡，是廟裡新任的廟祝。我和他相望，眼神一點也沒飄開，他也一樣，好像武俠片裡那樣先比眸打量對方，慢慢抹上一絲亦敵亦友的笑意，我差點說嗨。姊姊和他彼此問候：「來田裡！」

他田裡種著香蕉和玉米，我想不起從前在這兒耕作的人是誰了。相鄰的另一塊田則不太像田，而是一個香蕉園，從前沒看見附近有人種香蕉，香蕉樹給人舒緩安逸的感覺，像它的流蘇葉片一樣柔軟。

而我們除了一排農作物，南邊整片田都長著草，它們的長法還不是無法無天，該不會也是缺水的緣故吧，雨水對農作物和野草好像是平等的，在鋤頭的兩端，一方占居優勢，一方暗潮洶湧。我看見西邊田頭已經開了個頭，剷平雜草掘清一塊，那土勢是朝著東方推進的，應該也是下午做的工，背著西下的太陽前進。

我馬上蹲下來拔草，姊姊說這樣無法斬草除根，但我不管，抓集草葉就扯上來，拔得搏搏作響，多半是斷根的聲音，越是這樣越讓人心慌，想除之而後快。姊姊催了又催：日快暗了，明天再帶除草的工具來吧！也只能這樣，明天再來，帶除草的工具來。

草

姊姊催了數次，我都說太陽還很大，直到她報上時間，四點半了，我才緩緩動作準備出門。她住高雄為什麼皮膚那麼白，我住台北卻可以這麼黑，我不想擦防曬乳又怕曬得更黑，所以拖拖拉拉。太陽徘徊在西邊窗外，一團金光照在窗邊的桌上，好像科學家伸進籠子裡的一隻手，再抓出一隻白老鼠。

說準備其實連衣服都沒換，就原有的一身短衣短褲，只是拿了頂帽子，踩著拖鞋就走。我最沾沾自喜的是從小在田野遊蕩，卻沒有什麼草疹蟲咬的困擾。

仍打海邊走過，昨天認錯了路，今天不會了，以後應該也都不會了，路邊面海興建的兩棟樓房已接近完工，昨天一進一出走了兩回，最終得到的結論是要越過那兩棟樓房再左轉北上，昨天的誤判也是因此而起，潛意識裡以為它們在遠處。樓房獲得壓倒性的勝利，成了地標，我們失去以小記號認路的樂趣了。

農具就放在田裡的小電厝底，我拿尖頭的小鋤，姊姊持扁嘴的耙子，這是我們小時候常使用的最小型的傳統鋤鑿工具，猶如一對公婆，形影不離。

遍地盡是一種名為「杜香」的草，外表看似柔軟無傷，細長的葉子四散像個翠綠小噴泉。或許是我忘了，我從未見過草這樣長法，清一色都是這種草，分布均勻，且大小一致，好像設計出來的綠色星足圖案，有種無限蔓延擴散的視覺效果。無奈的是這田是耘理過的，土表猶可見鬆土時浮動過的痕跡，而草像一支支綠栓子再度將它給拴住了。小鋤尖牙深入土裡，挖空草的根土，左手配合著將它連根拔起，但不能太用力，免得斷了，它還有一小顆芋般的球根，甚至攀出去又一根一球，就是它們能飄出一種土根香，也是它們在作怪，不斷的重生復活，必須仔細打理移除，杜絕後患。

鋤頭沉重，接觸面積又小，一次只能掘一兩棵草；耙子耙得淺薄，不能正中要害；約十五分鐘後我們不約而同感覺到手中工具的無能為力，而想換用對方的工具，而它們本來就有互補的作用。

剛拿到耙子我很興奮，它走過的痕跡像在我們右前方已理清的那塊土地，看起來耙工乾淨有力，一個立體的剖面在那裡。還不到十分鐘又乏力了，始終沒有創造出那樣的立體剖面，而越來越像小狗扒土，亂成一團。

天色漸暗，姊姊是那種吃飯皇帝大的人，開始催我回家，我又得展開拖延術，叫她去倒草，允諾再裝個兩畚箕草就回家，最後定下目標要推進到跟父親打理好的那塊連成一氣才行。這時我的右手小指下面已起了一顆水泡。

我們走出田園，看著昨天打過招呼的那人的田，在我們的硓砧石牆後面有六、七個圓坑，種著幾叢尚未爬藤的瓜苗，坑與坑之間長著不少比瓜苗還高壯的雜草。我也是第一次看到有人這樣種田，不是先除草而後挖坑植苗，而是直接隨興在雜草間襲討出部分他要用的坑地，坑不對齊，雜亂無章，好像在遊樂場上的旋轉咖啡杯，處於一種攪動的狀態。一切都情有可原，反正他少小離家老大回，種瓜的時候到了，先種再說，草可以慢慢再拔。

熊

姊姊回高雄去了，我意興闌珊，下午日稍漠，母親在樓下喚我，說父親交代我們去田裡幫忙「掀網子」。

母親走得很慢，正好我在路上有許多問題可以慢慢問，新房子誰蓋的？有人住嗎？老房子誰在？他現在可好？最想知道的還是前天我和姊姊看見的那棟雅致的歐式別墅，母親只用一句話形容它，蓋得凸來凸去，沒什麼好說的。她不說我都忘了，以前逢年過節父親邀來家裡吃飯的老兵就是住在這個地方，景物不依舊，人事也全非了。

我喜歡走海路，只怕增加距離對母親的腳造成負擔，沒想到舊時入田的路不是殘破就是被野樹封鎖了，母親說海路較好走，我也好一一打聽那些魚塭工寮。

我們左轉北上，路旁迎面一棟洋房，特別的是門前有一片籃球場大的草皮，草皮略微禿黃，好像常有孩子在上面踢球。我們離鄉後興建的房屋，在我的記憶裡產生一種摩擦，尤其在農田野地上，這棟洋房算是它們當中的第一代，也已有些滄桑老態了。

遠遠即感覺田的樣貌改變了，荒地增加，可隨意踩踏的路地也變寬了，一部分田頭光禿禿的好像進門的腳踏墊。

在我們的田邊，他們的圍牆外，一隻胖墩墩遠比我壯碩的熊歪坐在那兒，熊毛糾結有如粗糙禿硬的老拖把，熊臉埋在一叢比它稍高的蓮蕉葉中，好似躲貓貓的孩子以為這樣別人就看不見他了。一根生鏽的鐵枝插在前方地上，讓它有點憑靠，而沒有整個栽倒。我費力的想讓它的臉仰起來，母親叫我別管它。

原以為它會再垂下頭去，卻沒有，兩隻不再明亮的塑膠眼珠仍圓鼓鼓的，但嘴巴灰扁，抿嘴欲哭的模樣，好像說著怎麼都沒有人來找我？鐵枝在半邊臉和胸口印上不規則的鏽斑，看似血漬。我再度靠過去，試著把它拖離那塊墮落地，其實是它使那兒看似垃圾坑，而非長在花圃外的庭園植物以及野草。它們聚集的先後次序不得而知，一起經歷風雨，交織的情況超乎想像。只是我也沒有用盡全力助它脫身，在那兒可免於流浪，沒有人知道它的意願。

母親走到田裡急忙抓來一塊保麗龍坐下，不管父親在吩咐著什麼。地上種著兩行瓜，種植的方式已非我所熟悉。嫩苗那一行一長條黑色塑膠布蓋在泥地上，上面挖空一個個圓形讓瓜苗探出頭來，水管也覆蓋在膠布底下，沒有小孩在這裡聽候差遣，所發展出來的簡單的自動灌溉系統。另一行開始放藤的瓜罩著綠色紗網，父親指的掀網子就是把它掀開，以利瓜藤伸展。

父親說他掀左邊，叫我們掀右邊，等我們一動手，他又急忙制止，說他自己來就好，因為部分瓜葉和網揪在一起了，但並不多。後來他允許我去抽出固定地面膠布的虹形鐵籤，再三叮嚀要輕要慢，免得纏在上面的瓜鬚帶起瓜藤。我不覺得瓜鬚有這麼重要，還是小心翼翼跪下來兩手著地像四隻腳的動物緩緩進入，將瓜鬚一圈圈繞出鐵籤，遇到纏得太緊就放著等他去解開，以防萬一。每移動手腳都學貓，卻感覺自己重得像熊。這麼小心翼翼仍不免碰落一朵盛開的小黃花，趕快藏起來，別讓他看見。

瓜

父親去馬公買了一顆青皮的瓜要給我們吃，還有兩顆黃香瓜讓我們一人一顆帶回台灣。以前高雄的二姊夫愛開玩笑說父親每次出門沒多久就背著魚和螃蟹回來，他強烈懷疑那是去市場買的，不是出海抓的。現在這已不盡然是玩笑了，確實，可能是花錢買回來的，不管地上種的海裡生的，有時也得借用別人的手。

這顆橢圓形青皮的瓜，閩南語發音像「紅龍」，也有人說「紅鈴」。這一類紅肉的小瓜，管它是長的圓的，就通稱為小西瓜吧！買一顆提得回家，食用冰藏都方便，不像大西瓜只能分切一片，費事又不見得衛生的用保鮮膜包起來。有些人認為小西瓜的甜度和沙脆的口感永遠不及大西瓜，這我不以為然，推測是他們買切開的瓜看得見瓜肉相對較有保障，不像買小西瓜得冒著若干風險。買小西瓜的女人從老闆和內行人那兒學到這些動作，一會兒用指甲彈著瓜皮，一會兒用手掌猛拍，傾聽瓜之音，一副經驗老到又根本沒有把握的樣子，忙了一陣乾脆叫老闆幫忙挑，還撒嬌逼著人家承諾包熟包甜，就怕沉甸甸提回去不如所願。我卻不知哪學來的選瓜訣竅，挑瓜紋開闊的準沒錯，再翻看屁股是否有鵝黃小鴨色，蒼白的不要。鵝黃是陽光上色、蜜糖的色澤，但屁股臥地怎麼曬得到太陽，好矛盾的想法。只能說這是一種觀感和直覺，成功的機率卻頗高，也許該歸因於耳濡目染。

我們將那顆紅鈴切來吃，妹妹和妹夫斷言它不是真的澎湖土生土長的瓜，而是生意人自台灣買來混充的，在價格上是一斤超過四十和一斤不到二十的差別，在滋味上必定略遜一籌。我十分明瞭他們的計較，在地瓜種在乾旱的沙地，身上拂曬的是離島的風日、流的是含海鹽的井水，並且小田寡民，自然物以稀為貴。外來瓜沒那麼好吃不值得那個價格，光就情感上已是不爭的事實。我不像他們常年定居澎湖，嘴巴也沒那麼精挑，沒有口舌去爭辯這種事情，但還是有一絲質疑，也可說純粹是情感上的偏袒，何以一個種了一輩子瓜的人看瓜的眼光沒你們精準？

妹妹的品味自信我想是來自她一個農業科班出身的同事，她這些年家裡沒瓜的時候要想吃瓜都是購自這位勤勞的年輕農夫，聽說他新風格的園子還有很多其他的果樹蔬菜種得十分漂亮，妹妹總喜歡講這些令我們羨慕。

父親這一輩碩果僅存的老農仍舊兢兢業業，每年以瓜的枯榮來記錄曠雨、乾旱、蟲害和風災，暴烈而多彩的夏季。五月中旬瓜上市了，一部分打算種瓜的田，草都還沒除完。另一塊田上瓜正在開花，細皮嫩肉半掌長的小瓜方結成落地，我問這是紅鈴嗎？父親說不是，一樣是掌型裂葉，紅鈴葉子比較小，這是嘉寶瓜，旁邊那一行才是紅鈴。

我們小時候都吃嘉寶瓜，那時候尚無人栽種紅鈴，嘉寶瓜的瓜形較瘦長，果肉是南瓜般的橘黃色，甜度不高（後來才覺得的），瓜籽特別大，給人憨厚質樸的感覺，一個國小轉學到台灣的同學提起澎湖就是吃嘉寶瓜含籽噴人這件事。有好些年紅鈴大舉取代嘉寶瓜，不過，嘉寶瓜到底較具地方特色，少數懷舊的人、不能吃太甜的人懂得吃它，持續有人栽種。

我正是其中一個背叛嘉寶瓜的人，瓜專挑紅肉的吃，將它排在選擇的隊伍後面，不過最近妹妹提到台北的兩個父親種的嘉寶瓜又令我改觀了。什麼事都別太早下定論。每個人對瓜的看法和偏見都不一樣，往往還要帶點歷史地理和記憶上的情感與偏執。瓜切開後爭論才開始，光看它們結在地上的模樣全都和平美麗，圓鼓鼓的綠洲。

湯

只不過上樓去了一會兒，他們已經把我留在廚房湯鍋裡的一碗湯倒進火鍋裡去了，我目瞪口呆，幾乎要哭了。

冬日裡父親喜歡在飯桌上擺個火鍋，將煮好的湯倒進去，再放魚丸，涮些肉片、田裡種的茼蒿青蔥一起吃，我也喝火鍋湯，沒那麼怕湯濁不養生，只是更愛母親煮的湯，簡單扼要，四季分明，清鮮得有種近乎原始的淨化感。

湯是開胃菜，也可以是我的主食，煮了湯常常就不備飯菜了，省下力氣和時間優雅地品嘗桌上唯一一碗湯的沉靜之美，一心一意的滿足。假如桌上有其他東西勾引了我，回頭發現湯冷了，會有點兒懊惱，沒能抓住溫度的起承轉合。

從前工作的地方有餐廳和廚師，餐飯由廚娘分配，湯要自己盛，有個毒舌的大哥每每看我們不顧後面有人排隊，自顧自拿著大湯勺在那大鋼桶裡慢慢技巧的想撈出點青菜豆腐渣兒，總是笑：「呦！撈女啊！」廣東話，意指賣笑的女人。

那時廚師最常煮的是味噌湯和薑片排骨黃豆芽海帶絲湯，後來我也在家裡煮，料浮於湯，不再有撈菜的樂趣了。

以前我對冬天的湯既愛又怕，取暖取到肚裡一碗熱最是舒服，尤其夜裡，一日的冰雪都融了，喝得熱血沸騰；但總是家裡種的高麗菜湯大頭菜湯，一鍋慘白，如冬天的海水望之淒淒涼涼。

一種非常澎湖風味的湯，之所以嘗試煮它，並非鄉愁之類的原因，敻虹詩：「美好是淡的，濃豔也是淡的。」家裡煮的湯我淡記淡忘，而是有回在台北朋友家喝到「螺肉蒜」，老實說我真有點鄙視罐頭螺肉，但也覺得這湯頗有破舊老屋長出蕨葉的孤芳自賞的美，電話裡問了母親我們的做法，用長得像章魚更古怪倔強的石鮔乾代替螺肉，其他排骨或三層肉、畫龍點睛的青蒜照舊。後來在書裡看見這湯也適合添加木耳，尤其是肥滋滋我最愛的豆乾，才真正引發我的興趣。多虧朋友送來越來越珍稀其貌不揚的石鮔乾，像一葉飄搖的扁舟將市場裡平淡無奇的其他食材載來，一鍋香氣熏人的湯煮了出來。

學生時代在一個香港朋友的親戚家喝過一種「西洋菜」湯，用馬克杯盛著喝，特殊的野菜味印象深刻，但葉梗皆已暗黑，色相悽苦。某日在傳統市場遇見一個老婆婆賣著一種陌生的菜，乍看彷彿空心菜，用青草紮成一捆，一問竟就是西洋菜，我躍躍欲試買了一捆回家，耗費大量清水沖洗，下鍋還見一條條青白的小菜蟲浮在湯面上，世界末日的營養湯大概是這樣的吧！

有樣學樣，看見湯裡有什麼就跟著煮什麼，我少嘗試煮西式的湯，以前偶爾煮康寶濃湯，加紅蘿蔔、青菜、香菇、雞蛋，速成，畢其功於一役，曾經和碰巧來訪的朋友分享過這湯，她喬遷新居也用這湯招待我，讓我突然好恨那湯，沒廚藝的人互相做朋友就是這麼回事，圖個溫飽。

傳統家庭煮飯一定有湯，湯意即一個句點。母親煮湯有什麼煮什麼，平常到好像不加思索。夏天我看父親三天兩頭買兩三根綠竹筍回來，冬天則是兩三根白蘿蔔，要不就是苦瓜、大黃瓜、冬瓜，都是用當令的蔬菜煮當令鮮魚或排骨，近乎單調，像小朋友畫圖，一層藍天白雲一層花草樹木一層水底世界。我懷疑是不是還在添加味精，怎麼特別甘甜。有時我嫌那湯過鹹，父親說我們種田人流汗多需要多點鹽分，這種說法倒是很讓人歡喜無言。

那日懊惱沒喝到的是白蘿蔔魚片湯，那值得鮮魚捕手的父親買的魚片之鮮美可想而知，台北也有宜蘭來的基隆來的鮮魚我只是不捨得買，又錦上添花的加了近海的厚殼仔小蛤蜊，常常一袋子或買或送的擱在灶台上，彷彿調味料。不可思議的是這種幸福對他們而言已經乏味似的，為了煮火鍋，又加入清水，和一點泡麵調味包，完全就是暴殄天物，我湯的幻滅。倘若阿嬤還在，他們必定會留碗清湯在鍋底，這麼攪和彷彿就是一種任性的快樂。

橋

彷彿隔了很長一段時間沒有打電話回家，卻顧左右而言他，母親說到了，「這陣子橋上都沒啥車，若往年這時陣，遊覽車，機車，一台接一台……」我想也是，發生重大飛航意外之後，剩下的夏天會是這樣，我完全了解，但不願想像。那真是落寞啊！不是左外野手，也不是看球賽的人，而是住在球場邊始終遠遠看著他們的人的落寞，球季裡空蕩的球場。

她一定是在田裡工作才看得到那些車，那條橋，和前所未有的八月無蟬的冷寂。她現在走一趟田裡都氣喘咻咻了，工作量遠比從前少得多，也許有較多時間往橋的方向眺望。一次次望不見陽光灑落在漂亮的交通工具上面，蒸騰的熱空氣凝在熱切的眼眸裡，一片流動的幻影。

我們鄰近橋頭的小學，熱天尤其無法專心聽講的學童，潮風中以為有鴻鵠將至，頻頻瞥著窗子。小一升上小六，教室越換越近橋邊，從窗口可清楚看見自橋上慢慢減速轉入村莊的車子，得到親友自遠方捎來歸期的孩子，他更是心不在焉了。那時橋頭有個阿兵哥駐守的崗哨，崗哨上有一盞紅綠燈，我們的生活中唯一的一盞紅綠燈，我小時候還以為阿兵哥是專門躲在裡面管控它的人，看見橋的那頭有人要來就把紅燈切換成綠燈。現在大不同了，瘦橋變胖橋，軍哨撤了，畫蛇添足的交通號誌也不見了。

年初我和朋友在馬公閒晃，她帶我去看一個當兵時愛上澎湖的人刻的貓頭鷹，我看這隻花蓮白石刻的也喜歡那隻澎湖海竹刻的也喜歡，她突然接到女兒求救的電話，說：「公車把同學載走了！」冷靜傾聽，事情是這樣的，她送馬公來的同學到車站，（那是件相當重要的事，別具意義的校外教學，找一天去鄉下同學家玩，看看她片片段段描述的跟你不知不覺想像的一不一樣。）她不停地對著車窗內的同學揮手，想必是一臉熱切依依不捨，卻眼睜睜看著該南下的公車竟然來個大轉彎往北馳去，把同學反方向載走了。媽媽聽女兒急得像熱鍋上的螞蟻，只能一直說：「快叫阿爸去追！」我在一旁只是覺得好可愛喔，追！不要浪費時間想，快追就是了，追回你不能失去的！天真的小孩最怕的事就是「被載去賣掉！」

不一會兒危機便告解除，原來是那司機車開得太順暢，竟然把村子裡的小站給遺落了，只得趕緊掉頭重新來過，那裡固定幾個忠實乘客還在癡癡等待著公車，豈能失信於他們。小女孩站在車站等著，再一次跟同學揮手，更睜大眼睛盯著同學搭乘的車，老老實實開上迎接他們前來的橋，朝遠方奔去。

而後呢，她會有些悵然的獨自走回家，頓時覺得沒有他們一切都失色了，都成了枯山水。和他們共度的這一天她巴不得把生活周遭最美好的部分一次向他們傾現，他們躍躍欲試，更怪的是他們還發掘了她所忽略的，甚至她習以為常都生厭了的東西也值得驚呼連連。最後不是他們意猶未盡把傍晚五點以前要回到家的約定拋在腦後，就是在黏人的主人的懇求下，多玩耍了一班車的時間。

「高閣客竟去，小園花亂飛。」這般多情，年幼時還是個小鄉下人的我也常是這樣。是那些美麗的夏天讓人養成了寂寞的習慣。不過是個來度假的別人家的親戚朋友，和他做成朋友的弟弟或同學不時提起他，一天到晚眉飛色舞說著他，彷彿發現新大陸，轉述他說的話，模仿他說話的腔調和樣子，笑他出的糗，每天都有意想不到的驚奇演出，足以構成一部冠上他名字的夏日電影。你會看到他的朋友越來越多，遊歷的地方和方式越來越晉級，皮膚有了一層亮彩，髮梢也有幾根曬紅的番毛，站在村裡孩子旁邊不再有黑馬白馬之分，當然羞怯驕傲的神氣也不見了。

有一天他們的語氣會變得低沉，卻憨笑著亮了一下握在掌中的小東西，他送的紀念品。那一天他再度穿上最美的夏裝和新買的涼鞋，忙著檢查東西有無帶齊，還要應付話別的七嘴八舌，額頭上的汗珠一滴滴掉下來。也許此後他會像候鳥般年年歸來，也許僅到此一遊，他會永遠記得那是他幾歲時候的事，而我們有的會漸漸忘掉他，有的會一直記著。

不想裝作若無其事的孩子站在屋頂上，追蹤夏日的朋友乘坐的車子像一個亮點快速劃過馬路，走上橋去。烈日當空，寂寥當空，泛黃的海水襯托著橋的存在。為了帶他遊山玩水，從沒有一段日子那麼地緊扣潮信，剛開始天天煩問大人天天觀看海水，三四天後以此類推，不須上屋頂眺望也能掌握潮起潮落。這片刻的恍惚，竟又將它丟失了，忘記今夕何夕何去何從。還是因為久久注視那橋才知道潮水正在升起，像一張黑膠唱片，在那唱針似的橋桿下默默旋轉。

他繼續在屋頂坐著，不時仰臉逡巡天空，等候友人的飛機起飛。天空亦是一張偌圓的唱盤，唱針是他的眉睫。耳鬢上的髮絲輕撲了兩下，他趕快抬頭挺胸站了起來，那是木心的詩句，「迎面吹來偉大慢板的薰風」，肥壤氣魚騷味鱗金色的風，慈悲的慢板，迎面吹來。

無

二〇一四年底柯市長宣誓就職，農曆年前裁撤台北市政府的繕寫室，驚覺失業在即的女員工戚戚控訴自己的專業不受尊重，柯市長是醫生，我是學藝術的，她說。二〇一五年冬我沒有收到任何一張手書的卡片。我知道這兩件事沒有直接關聯，又隱約感覺像是同一回事，手書卡片的人是另一種性質的繕寫員。

很久很久以前卡片紛飛的歲末隆冬，因為收到的卡片不多，老有句話在耳邊響起，「德不孤必有鄰」，如今大夥兒都到網路上取暖，難能可貴猶有零星幾張卡片進帳，仍舊是想起這句話。

沒有收到任何一張手書卡片的二〇一五，也沒有寄出任何一張卡片，這樣的因果皆零，我其實相當滿意，好像大家都有默契，不再延續應景懷舊的老派問候。如果有人寄來卡片，勢必不能保持沉默；把卡片寄出去盼望得到回音，等於卡片是寄給自己，逼著別人寫下祝福。這種時代還竊竊私語的給人寫張卡片實在是件難為情、自作多情的事了。

有個朋友完全投入網路時代卻始終保持手書卡片的好習慣，或可說是美德，一年一度的表示「我寫故我在」，即便在同一個城市亦不吝賜我一張，有一次我們飯後逛到誠品，才知道她買的進口卡片這麼貴，最便宜百多元的寥寥無幾。由奢返儉難，那些呆板無聊的卡片對於講究的她實在拿不出去，她開始減省的少掉不是核心好友的我這一張，我也覺得應當。那些卡片可愛聰敏得像小精靈，那天我也忍不住買了小小兩張沒有特定用意的萬用卡，現在還壓在抽屜裡。

她說回收率不到四成，跟我在報上看到還在維持這個傳統的人所說的一樣，我也是在那篇文章中才知道，這人還買了郵局發行的一種抽獎券之類的東西，隨卡片附贈，也未免太寵人了，由此可見寄件人多渴望回應，而收件人有多冷淡。而我知道自己會埋怨那種已讀不回的人，所以不再找罪受。以前的年代不回賀卡或許有失禮節，現在滿理所當然，是寫卡片寄卡片太不合時宜了。

年初，也就是沒有人寫卡片給我的這個冬天過後，我到一個朋友家喝春酒，屋裡最美的風景是滿玻璃櫥櫃的卡片，一張張金字塔般立著，也像蝴蝶兒般高高低低繞樹飛舞。那是一個從小被阿婆帶大的女孩從紐約寄來的，每年兩張，母親節和聖誕節。原住民阿婆樂陶陶地隨我們複習著那些用稚氣的中文寫下的親暱話語，我忘了問，其實也不需問，阿婆可有回卡片？譬如潮汐按時回返，海岸何曾向她走去。原來我們的卡片短缺的是想念，以及想念的對象，像一幅空洞沒有海岸和浪濤的海景，終究無以為繼。

我細細的觀賞那些精心挑選親筆書寫的卡片，就好像它們是博物館裡瀕臨失傳的原住民織品，展示著越來越稀有的時間與空間的距離感。

我那些從時間的河裡攔截下來的卡片收藏在漂亮的餅乾盒、拼圖盒底，同一個櫃子中堆疊各種小禮物盒子，每次陷入尋物迷航，又不當心不聽警告的擦撞到那幾塊礁石，必定擱淺在那兒無法起身，乾脆席地而坐，匆匆回顧那些輕聲細語的紙片，好像戒菸的人又抽起一根菸來。當然，還有更多不在精選之列的卡片，名因缺乏儲存的記憶體，實則雷同的文字和畫面無多大意義，已經狠下心處理掉了。

親戚朋友皆以為我不興網路社交那一套，每逢年節，尤其跨年除夕夜，身旁的人忙著收發互傳恭賀訊息，就是沒有一個人想到順便發一帖到那個「啃老族」、「紙片人」的手機信箱裡，即便轉寄轉寄再轉寄千篇一律，也有流星劃過天幕的一瞬光亮。我已經拋棄荒地，向那個建設完善美輪美奐的星球靠攏，只是慢速飛行，尚未完全著陸。

羊

長得像「羊」的葉子，或者說寫著一個「羊」字的葉子，出現在山梯邊的草坡，角度恰巧，好像一個大字懸浮在草叢上，端端正正、神氣活現又氣血充足，對著識字的過客書寫，寫得比使用文字的人類還要好看，根本就是一幅書法字體的範本。

少見多怪，我地毯式的搜尋周遭的草葉，心底並不希望再發現一個羊字，以免削減它的獨特性和我的驚喜。

沒有，沒有發現和它一樣的，擬字化的葉子。

低矮陰涼的岩壁上滿布這類羊齒植物，和青苔生長在一起，築了駁坎的壁面，鬱鬱蒼蒼整整齊齊像織工編織的，沒有哪邊較濃密哪邊較稀疏。纖細長葉自牆面抽出，形狀略似「羽」字，羽毛從禽鳥表皮長出來，一個毛細孔一根羽桿，一片葉子就是一個獨立的個體、完整的生命。葉片朝同一個方向生長，垂長如尾翼，短而服貼的像頸背上茂密的羽毛，路過的行人眼睛撫過柔軟的綠羽絨，不大可能留下個別的印象。

回程時我還一路想著這羊，特別留意附著於邊坡岩壁上的這些小資女，更加覺得這真是可遇不可求，抵達目的地前的最後一道階梯，不曾歇息的我慢慢緩下腳步，不經意地從眾多羽翼（語意）中讀出一個字來。

雖然說臨近山梯算不上荒煙蔓草，但這一塊草坡地形和植物都散亂，沒有我們懂得欣賞的主題和亮點，多麼容易被忽略。追查羊的同類時，也才發覺雜蕪無章反而是它美麗的地方。它容納了高高低低各種種類的植物，沒沒無聞毫不搶眼的小草，光是羊齒植物就有好幾種，不仔細辨識，一語帶過也就過了。

關於羊齒植物有一種粗糙的分類：青瑩的亮面或是蒼綠的霧面，以及葉片的胖瘦大小，大如羽扇，瘦小似隨身攜帶的紳士小梳，一排梳齒整齊細密。不過這些形容都太僵硬了，它尾尖纖柔俊俏像一撮山羊鬍，讓人想抓在虎口裡捋一捋。同一種類的蕨草，質地、葉形都相同，對稱排列的橢圓小葉有十一對的，也有十七對、十九對，一點也不足為奇，無所謂正常與不正常，生長自由，停止生長也自由，完全不受限制。被我框記的這羊，葉片對數最少，最上面一對像羊角揚起，像個草字頭，中間三對平行如同三橫，總共只有四對橢圓小葉。

持續探望一片葉子，才知道一片葉子青青翠翠至少八、九個月，它終究難逃歲月羊齒的啃食，身上留有古銅色的齒痕，不再能傳達一個字的完整意思。但它仍然挺立著，不會馬上枯萎。

後來，我又發現其他長得像「羊」的葉子，一年大概尋獲一到兩葉吧，其他地方遙遠遼闊也許哪天不期而遇，現在只在同一處發現它們流傳下來的字跡。但是，它們總是讓我找到可以挑剔的地方，第三橫下垂不夠直，頭上那兩筆不夠頑固像羊角，字是歪著寫的，方向不對……。總之，還沒有一隻羊像它寫得一手好字。

荒井

才走到田裡，母親不知從哪兒抓出一塊保麗龍坐了下來，一塊看起來溫柔敦厚可以搭著去漂流的保麗龍，想是她自備來歇腳的，也可能是前面岸邊撿來的。父親靜靜在田壟上忙，兩手觸碰著幾叢青翠的幼苗。我則因剛剛知道眼前的這口老井已經荒廢了，加上他們的淡然，而滿心驚濤駭浪。

母親背井坐著，相隔約兩三公尺，這一小段距離盡是赤裸的沙地，到了井邊竟有一圈銀合歡包圍聚攏，若非記憶中根深柢固這兒有一口井，光是野銀合歡像掩飾一件罪惡般的形勢，也能察覺此處凶險，保持距離。

銀合歡像地皮流氓，專門欺壓年邁的農民迫使他們放棄耕地，但是在這口井的上空，反而透露出一點兒保護人們的善意，雖然我不領情。它們傾斜如長矛，又像架設等候生火的柴枝，警告勿越雷池。令我不解的是它們巧妙的封鎖挺像是應主人的要求前來，這如同請惡勢力來家裡當警衛，沒想到這回他們相安無事，簡直合作無間。不管人、井、樹他們三方的關係為何，那井廢了似乎是個事實。

母親說它塌了，塌了意謂土崩陷落，我既害怕又很想走近探望，希望能看見井底猶有一點水光，也讓它看見我。要是它已經完全失明，剩下一顆黑暗的眼球，恐怕只能藉由觸摸感覺彼此的存在。要是姊姊或弟弟在這兒就好，他們從背後看著，必要時拖住我，我或許可緊抓井上木本的樹枝，或者他們可以幫我想個好方法，讓我穿過樹枝強韌的夾攻靠過去看它一眼。那心情不是好奇了，那姿勢猶如童稚時第一次與它照面，輕輕跪下來，整個身體趴在井邊，下巴扣在井墘上，兩手也攀著，兩腳既鬆軟如漂浮，又好像蹲在起跑點上那般堅定，鼓起勇氣睜大眼睛眺望底下神祕的湖泊，像是從瓶口觀看世界，只有彼此聽得見發自內心一聲嘆息。

我問母親怎不救救它，她語焉不詳，說的是實際上的困難，我卻只聽到愛莫能助。母親在這田上永遠像個助理，真正有想法和做法的是父親，我不想去問父親，如果從他口中說出來也是無能為力了，那就連一絲盼望都沒有了。

我問母親那澆水怎麼辦，她指向西，那兒相連的還有一塊田一口井。母親休息夠了，吃力地站起身，緩慢朝她所指的方向移動。答案很簡單，就在母親的背影裡，只是我不想面對現實。現在耕作的面積不比從前，兩田共用一井也就夠了。

投擲一顆石頭進去，或許能聽其聲觀其行，看它是不是真的走遠了。我太期待聽見的是一聲入水的回音，但極可能傳來的是打在一塊乾痂上的喑啞。小時候若有人離鄉背井或其他人為的自然的因素放任水井荒寂殘缺，母親總會一再告誡我們切勿走近，並喃喃埋怨掘井人怎不將它填平。而那井如同世界的破洞，對我們具有神祕的吸引力，有時我會幻想與它對望時會是如何的心跳加速一崩而落，掉進另一個浩瀚星空。現在根本不會有孩童在這兒晃蕩了，這口荒井暫時有銀合歡看守，他們也沒有閒暇餘力動手將它填平，會有大自然的灰燼一點一滴將它埋葬了吧。

晨光

要非常早起才能看見晨光箭一般地穿過水族箱似的小窗斜斜照射在客廳牆上，分析那框穿牆鑿壁彰顯在白牆上文明的光，被壓扁拉長的窗形裡有武竹的葉影和傾倒的花器，室內尚未完全甦醒，它殷實凝聚恍如夕照，包覆一層孵化的氛圍。

搭乘早班飛機，從起床到完成所有程序，照著登機證上的號碼坐落到位子上，全都處於匆忙迷糊的狀態，幸運的是櫃檯小姐記得問：「靠窗還是走道？」一頭靠著窗便可以放心地渙散了，但並不真能睡著，早起使人亢奮，送到眼前的報紙新鮮的油墨味也使人亢奮。飛機完全升空後我再把臉偎向冷冷的小窗，探看今天的天氣，也讓在窄小的空間費勁展報的手歇息一下。

然後我的目光完全被晨光吸引了，中途曾因手既沾染印墨想把報紙翻完，以及眼睛被明光刺痛而中斷目視，終究把不致稍縱即逝的報紙摺回去，拉下一小塊簾遮又放了手，專注追隨岩洞外流動的晨光。

雖然匆匆在飛機上記下它的行（形）蹤，一幕幕速寫窗外的景象，然而消逝的是光也是時間，兩者皆難以捕捉。那些片段簡短差強人意的描述竟可勾起一些漂亮的片影，但實在太自言自語，只能說是一股燃燒的熱情的證據，連自己都驚奇的熱情。

這輕易被撩起的悸動，不只因為光，更因光流淌的山河與城市，光的穿針引線，剎那間平時淡薄的家國觀念突然湧現了，使人臉頰微微發熱。光行其上，像手放在琴鍵上；高於兩者的人同時擁有兩者。初昇旭日光芒晶亮濃稠如蜜露，快速奔馳在一道道與窗口垂直的河道、溝渠或任何水體，以及反光的橋和路面，光劍出鞘，蜿蜒蛇行。流光的移動與飛行同時進行，互相追趕，彷彿數枝光筆在地圖上分頭導引，帶你瀏覽這個島嶼。

左耳貼著窗，飛行方向由左而右，縱走的光先畫出一道道，橫行的光一塊塊或大或小地乍現，湖泊、泳池、工地的積水，各式各樣的鏡子一面面被照亮點醒。水澤閃現又沒去，伏流變成伏光再回到伏流。

飛出了山河，走進另一片疆域，海面如沙洲靜止，灰色波面上有一塊塊鹽白的碎片。另有（我先以圖案表示）凸起的波紋一道道，整個看起來像大象的皮膚皺裂乾燥的表面。雲的灰藍影子在上面，看似黑煙。又有白色雲絲雲煙慢幾乎靜地飄動。

那質地又有如平面的森林，粗糙，細看是褐色的。印在上面的灰藍雲與天上不同，平面，如標本，整個展開。船如巴士行進，尾巴拖著波浪較船頭多得多。另一艘更近飛機下方，我臉用力貼在窗上才看到它正行過，船頂是鐵鏽色的。更遠處的一艘則好似一條小橋。浪花如白珊瑚的紋理。

海面到處是細碎的浪，或大或小，越大越白，小如小白點，亂蒼蒼，小逗點小白蝌蚪。進入島嶼陸地，飛機灰蚊色的影子映在草地上。

陽台

妹妹提議要在澎湖家的陽台加裝窗子我覺得不可思議。「我就知道你一定會說不好！」她說。但是更不可思議的是電話尚未講完，我竟然有點妥協了。

除非有人回去「度假」，二樓經年累月空著，打掃陽台是我回家必須立刻執行的清潔工作，為了曬棉被，為了有一個陽台、一條走廊。灰塵非常厚重，不宜直接以水沖刷，用掃把掃，得吃很多灰塵。遑論冬日鹹水煙，長時間閒置，光用清水刷洗並不容易，得用點清潔劑。水嘩啦啦淋向院子，用水量須以浴缸計算，有時忘記探看，曬在院子上的東西就遭殃了。

在台北我的陽台盡量保持乾淨，才可以不分室內外光著腳走出去，好像家屋擴大了。但也有很多人採用加裝窗子的方式，隔絕風霜雨露，徹底封閉陽台，以求真正增加房屋實際的使用面積。初始可能會這樣想，妹妹也是這樣說的，想曬棉被看風景把窗子一扇扇全都打開就是了。只恐怕這就像為了某種利益說好了假離婚，後來就變成真的了。

當年加蓋這一層樓我們失去了「餐風露宿」的整片天台，沉悶的夏夜我們曾經把枕頭拿到這條溝槽狀的陽台上，躺在冰涼的瓷磚上看夜空銀河，青色的蚱蜢也來歇在牆上。現在要打掃到那麼乾淨確實很難了，但也不是辦不到。只是近些年燕子來這兒築巢定居，我就不敢想了。以頂燈為中心，左右對稱各一個窩巢在梁柱上，糞便日積月累在陽台，清除起來比光是塵埃草屑要費力耗時數倍，有一支當鏟子用的薄湯匙和一塊菜瓜布就乾脆放在水龍頭底下。

去年夏天好不容易刷洗乾淨，颱風警報也來了，該在地上鋪設什麼樣的防糞措施真傷腦筋，垃圾桶太小，特地找來的兩個大紙箱，牠們馬上回巢證明紙箱還是不夠大，只好倉促在箱下加鋪報紙。別說颱風來襲，平日風雨到訪，根本不敢去想像那糊成一團的景象。或許黏一層塑膠布做底會好些。有事沒事還想著一些較聰明優雅的對策。

提防燕子還不是陽台加裝窗戶的主因，颱風南來，平日的風雨也多南來，鄰接陽台的兩個房間時常浸水，桌腳床腳濕霉，大通鋪的床岸也日漸腐蝕上來，怵目驚心。

似乎我已悄悄為一個戴上安全帽的陽台做起心理建設，也才驚覺自己已經那麼老了，老得怕遠憂怕近慮，怕勞心勞力，在一層玻璃罩後面吹風看海也無所謂了，只求一勞永逸。

回家後避免傷神暫時不去討論這個問題。只是某天弟弟忽然提及，他不贊成妹妹這個構想，原因是燕子是不能趕的，趕了燕子可會敗家啊！我一向討厭他太迷信，但這時我覺得這是世界上最好的迷信，一切煩憂瞬間都消失了。

煙火

姊姊踩著下田的鞋子就要進客廳去了，我在院子洗腳洗拖鞋，吆喝她趕快脫下鞋子，我順便幫她洗一洗。她說：「可是我們晚上還要去看煙火！」我說我知道，她那是皮鞋，我只是刷掉鞋底的泥土。

鄉下晚餐吃得早，距離九點鐘的煙火表演還有一大段時間，洗碗、看電視、找零食吃，甚至洗澡刷牙了，若有似無地等待。

前天晚上我們已經去馬公看過煙火了，要不是姪子參加表演節目，我實在懶得出門，去年我們已經去看過了。專程從馬公來接我們的妹妹說，她公公在世時每次都說人擠人明年不去了，每年一到花火節就早早吃完晚餐，天剛暗就趕著要去觀音亭占位子。

我們到達時，姪子已經表演過了，在旁邊的球場打籃球，看台上持續有一批批少年賣力地用音樂暖場。一切到底是為了煙火。

場上的人沒有去年多，然而但凡高出地面的平台式物體皆被占據了。去年我們好像是駝坐在溜冰場外緣那小小矮矮的一圈水泥墩上，背一直起來就會碰到護欄。我們走來走去，最後在不知用途的廣場上席地而坐，不是盤腿就是抱膝，也有人把腳伸得長長的。每個小單元外圍都保持一圈光暈般的距離，小小的手舞足蹈可以。最感性的是萬眾矚目前的集體私語，沒有一絲煩躁，和諧即興的切切私語。

過了八點半我們才從家裡出門，廟口出乎意料的熱鬧，像初一十五傍晚拜廟口的樣子。有一些年長者在廟埕上作團操，岸邊站著幾個大人和小孩，也許和我們一樣是為煙火而來。當然，和觀音亭的景象比較算是極其冷清。

岸邊一列矮凳高的石檻，我們坐在最旁邊，海水一波波拱向腳下的堤岸，幾艘小船你一言我一語暗暗推擠，作伴襲來的南風也較前幾天急涼，是颱風的聲息。我突然有個疑問，如果突然下起雨來，煙火還照常施放嗎？雨中的煙火是什麼樣子？前天的煙火是星期六的加映場，平常是在星期一和星期四，今天是星期一，星期一早晨憂鬱，晚上適合放煙火。

一圈圈光亮美彩的摩天輪風火輪於海潮彼端海天交接處綻放；彷彿與我們平行，在對岸地表上；彷彿前天臨場的聲音記憶殘留，又好似遠方傳來雷爆。我們時而別過臉去接住一朵與眾不同稍縱即逝的火花，時而仍面對面地繼續著有完沒完的話題，煙火不為我們停留，我們的談話也不全然為煙火停止。

夜裡風變得更大，床頭北邊的窗已經不能開，天亮前雨下了起來，我翻個身想，終於下了，我們缺水！但又無法再睡，好像有個什麼事擱在心底。旁邊的姊姊問，你幫我洗的鞋呢？我慘叫，放在院子上！你不是說要穿去看煙火！

輯二

蠹事

久違的朋友一番敘舊後搖著頭說，真不知道年輕的時候怎麼會做出那麼多蠢事！

蠢事？有件事滿蠢的，第一次得文學獎去頒獎典禮，見到了施叔青女士，她很和氣的和我貼肩合照，我跟她提了《那些不毛的日子》，她一笑打住了。或許太遙遠了，寫作者多半不大愛提早期的作品，最好談談近作代表作，然而提它是有原因的，這正是蠢之所在；我在書裡看到她寫頭蝨，我童年時也讓頭蝨在頭上住過，竟然因為這樣覺得十分親切！也不想這並非愉悅的話題，怎適合初次見面。

歲月迢迢，記憶中蝨子之惡、身體髮膚綿延的灼癢都成了一種無法再得的親暱，有一天這種傳染病終於根除了，姊姊還挺想念似的翻翻我的頭髮，開玩笑地叫我再生一些蝨子給她抓！

腦袋瓜子淪為殖民地，頭失！一有空閒就被抓到母親或姊姊跟前，頭被按在她的大腿上，乖乖讓她幫忙除蝨。比挖耳屎更綿長的依偎，一個多小時都有，她喊腳痳掉了！母猴幫小猴抓蚤子的畫面看起來很溫馨，著實非常安逸，炮火中的寧靜。

交纏的兩人綿綿耳語傾聽神遊，基本上我專注在耳朵她專注在眼睛，一部荒煙蔓草寂寥的公路電影在我的頭頂上演，她的手指是主要的幾個演員。有時我的指頭也會加入演出，按住騷動點，報請前往緝凶，她放下手中剛肅清的一把頭髮，火速抵達，並未發現縱火犯，我用指甲刨得頭皮呱呱作響。

她們是極佳的捕蝨人，脈絡分明，像個細心的校對者，縱使錯字連篇。在課桌上我幫同學抓頭蝨則專打游擊戰，一本書翻得亂七八糟，迷失在字裡行間，他人的思路上。

那時家中有一把曾祖母的半圓形黑色小梳，梳齒細密，造型與質感都難得的精緻，合乎掌形和手勢，拿著有種細膩感，它應該和曾祖母美麗的髮髻聯想在一起，不該用來耙梳窩藏罪犯的髮叢，萬劫不復得了個汙名。

那像個懺悔儀式，先搬張高椅子，鋪上一張文字越少越好的紙，白紙可是奢侈品，有時不得已是張令人眼花撩亂的報紙，坐在矮凳上對著它把頭低下，將梳子重重劃向頭皮，就會看到灰黑色的頭蝨在紙上奔逃，大隻的被形容成蝨母豬，小隻的是蝨母蝦，紛紛止步於復仇者堅硬的指甲下面，血債血還。

還有掛在頭髮上米白的小卵，得很有耐心用兩甲掐住，一顆一顆溜出髮尾，費工耗時。最快速有效的方法當然是斬斷所有煩惱絲，讓牠們隨髮而去，但理光頭畢竟不是好事，小女生哪能接受。順便一提那年代的笑話，上高中的姊姊說學校公布欄有條公告：某某男學生，無故理光頭，情節重大，記警告一支。

最後無所不用其極的展開恐怖攻擊，用殺蟲劑往頭皮上噴，封上布巾形成毒氣室。那時有個女歌星的造型就是這樣，綁一條布巾在頭上，唱著：「一時的離別用不著悲哀，短暫的相聚更需要忍耐……」可憐的小東西經歷屠殺的痛苦，我承受滿天兵火的搔癢，兩敗俱傷，一片焦土死寂。那等待解開封鎖投入水池的過程，整個頭成了不毛之地，焦頭爛額絕對是，不可思議的竟有一絲悠哉，所有困擾都將付之一炬，腦袋瓜上的蝨子全鑽進腦子裡去了。

蒼蠅

瞥見我想要的位置有個小姐坐在那裡，我遲疑了幾秒，勉強接受她背後另外一個座位，正要伸手推門，咖啡館的店員探頭說對不起，我們今天提早打烊！只好再度來到校園裡的超商，坐在一群任何時候都在用餐都汗氣熏人的莘莘學子中間，沒什麼好抱怨，有位置就不錯了。

隨後一隻蒼蠅來到我面前的小圓桌，輕輕沾在桌緣，含蓄地靜止在那兒，一個黑點，或說藍點、綠點，甚至有金色的成分，在離我最遠的一點，也就是正對面，像在考察這個剛來的人。絕對不懷好心眼。已經產生的不耐煩，馬上因為這一個點，而擴大為兩者之間的線，以及整個桌面。

我忍住不揮趕牠，未把手或任何私人物品放上桌面，牠卻直直朝我臉上飛撞，我反射動作地亂舞著手，不讓牠降落在我棲息的小島，以及岸邊的兩艘小船。總之，離我遠一點！離開我的視線範圍！有一股衝動想回頭張望，看其他人桌邊有沒有蒼蠅，看那隻蒼蠅飛到哪去了。

感覺左前方的頭髮上有騷動，手往那兒一罩便聽見左耳放大到如螺旋槳的吱嘎聲，身體像觸了電，心底直呼天啊！蒼蠅！在我出門前剛洗乾淨的頭髮上！我懊惱不已趕快拿開手掌，令牠盡速逃離。

像被黏在蒼蠅貼上，我靜靜坐在那兒，也在奮力逃離，逃離壞情緒的路線，看似與牠對峙，其實是投降，降服於牠的蠅威。

牠回到桌子和椅背上做短程飛行。有時飛入禁區，我盡量閃躲，不敢與牠正面衝突。

沒有人不討厭蒼蠅，有牠就有腐敗，我或許會多一點，也或許該少一點。我那也是從澎湖來的同學說起她的一個社團朋友形容他在澎湖漁村所見，鋪地的丁香魚覆蓋一層營營飛舞的蒼蠅，嚇壞他從此不敢吃丁香魚。她那氣憤難消的模樣令我印象深刻，我想我大概也知道那樣子的人和那番話的口吻，大驚小怪又喜孜孜的，他只看到你和蒼蠅的關係，以及他的感受。我笑著叫她不用那麼生氣，可惡的蒼蠅和討厭的人一樣到處都有，不致影響我靜靜打寂寥的漁村岸邊走過。然而在我出書時看到書評上出現這樣的描述，也難以一笑置之，他說澎湖有三多：墳墓多、蒼蠅多，還有一多我忘了。孤陋寡聞如我還是第一次知道有這樣的說法，堅固得像一句流傳已久的諺語，不容懷疑，如果我不認同，恐怕是當局者迷。

終歸就是髒，而且生了一對不安分的翅膀，沒有人想跟牠產生關聯，甚至不能夠出手把牠像蚊子那樣打扁在掌心裡。你能理解蚊子要吸你的血，而蒼蠅就是無端要來沾惹你一下，看似毫髮無傷，但你得承認你身上和牠一樣也有髒東西。我聽過種種關係的抱怨，其中辦公室同事間的困擾最接近這樣對一隻蒼蠅的厭惡，因為你需要這個座位。

既然現在需要這個座位，就應該對牠發揮高度的包容，與牠和平共處，牠畢竟象徵一種蠻荒原鄉的生命力。我把兩肘和私人物品放上桌面，眼睛卻不是看著它們，大概有三分鐘不見牠的蹤影，我試著做我原本想做的事，心底卻還在忙著找那隻蒼蠅。

時間

澎湖家的時鐘叫人受不了每個整點敲一次鐘，跟學校的鐘聲一模一樣，我不願當它上課鐘，而是下課鐘，敲完鐘接著是報時的鐘響，在你起皺的心版上一下一下的熨燙捶打，光一響，覺得少了點什麼，好整以暇陪著它數完十二響，也還是悵然若有所失。

小時候住三合院用的是鐘擺報時的掛鐘，每半點還會有切割的欲言又止的半聲輕響，鬼影回音般沒頭沒腦地一晃，拿它沒轍。搬進新屋一切明亮，阿嬤卻抱怨沒有天窗不見天日，一個新時鐘又啞口無聲還不如隻壁虎，見我們去拆石灰牆上的老掛鐘，欣喜地又提它是香港進口的，多準時耐用！可惜它變成我們的玩具，偶爾從床底下像睡美人那樣抱出來，打開玻璃門，快速調撥長短針渾繞圈，喚醒它噹啷噹啷，再不數響幾聲了。等長串喟嘆般的鐘響平息後，阿嬤準會在某個角落出聲罵人，沒事又在玩那個鐘了！借屍還魂啊！

回澎湖我總是坐很早的班機，我只跟接機的人說睡醒再來，上班的人難得假日可以不用鬧鐘，我則可以安安穩穩殺時間似的在機場逗留，藉以彌補慌慌張張趕飛機的精神損失，況且我有的是時間。入境廳裡一排排大而舒適的灰藍色椅子經常空無一人，或者一兩個貌似悠閒的人、垂釣手機的人，腳邊熟睡的行李漸漸被漲起的潮水飄走都不知曉，驚覺快被淹沒時只能抱著樹幹往上爬。這是漫畫裡很常表現的幽默，多半是椰子樹，在這兒是一棵山寨大榕樹。

在島上一天遂變得好長好有用，我打掃了無人聞問的樓上的房間，以各種家具各種形式但不知多少時間所累積的灰塵，從我棲息的房間開始，桌面、床面、地面，然後浴室客廳，再擴及使用不到但我會去探望踩踏的其他三個房間的地面。如果時間允許的話，常聽到有人這麼說，時間是宇宙唯一的官方，時間允許，但秒殺灰塵的力氣不復存在。

我想告一段落，卻停不下來，樓下的鐘聲在我的逐塵行動中像亂了套的漣漪，母親呼喚吃飯的聲音無論如何不會有閃失的傳到樓上。十一點就準備吃午飯了，十一點半過後是午休時間，有時候我會忘記，在假日早餐後從台北打電話過去，響了三聲才恍然大悟匆忙掛掉。起床的時間相差太遠，我們的生活刻度難以一致。

我投靠到樓下試著奉獻我的時間，調整我們之間的時差，配合他們的作息，麻木地聽鐘響如潮聲一波波來去，完全不想自己的事情，自己的事情在這裡會自動游離，它存活在另一種時間國度裡，像淡水魚無法住在鹹水裡。

直到他們就寢，我爬上樓，站在梯口熄滅照亮樓梯的燈，於是樓下一片漆黑，和開始燈火通明的樓上，像脫鉤的兩列列車，以不同的方式行駛在黑夜裡。

我打開一本《短篇小說》，看到一則經典語錄，「人的天賦就像火花，它既可以熄滅也可以燃燒起來，而逼使它燃燒成熊熊大火的方法只有一個，就是勞動，再勞動。」高爾基（一八六八～一九三六）。我感到快樂，時間允許我勞動，也允許我休息。極為安靜，時間的安靜，樓下的鐘響沉入深海。我把打掃時撿到的一顆老珍珠似的壁虎蛋從桌燈下移回幽暗的角落，不知道再過幾天牠就要誕生了。

擱置

這個秋天將回澎湖參加一個活動是農曆年前就約好的，過完年腦子開始耕作便私自擬想著，活動結束後或許可以和妹妹帶母親去中南部玩個幾天，走走停停順便探親，情商妹夫當司機，他們有和車子一起乘船渡海去度假的經驗。

這是為母親量身訂做的小旅行，她磨損嚴重的膝蓋使得她很久沒有出去走走了。長久未生活在一起的人為對方所設想的事往往一片美意卻不切實際，母親推辭，妹妹懷疑它的可行性，並說母親一向「知足常樂」，真的未必歡喜。就怕過不了妹妹那關，我不擔心母親不肯去。

五月下旬妹妹帶著婆婆如法炮製了一趟家庭旅遊，走的「就你說的那條路線！」全台連日豪雨，車子走在滂沱的南投山路，事後回想仍心驚膽戰，婆婆回到澎湖才說，那日夜宿山區旅店聽著滔滔雨潮，兒子睡前又故作幽默地提醒大家先備妥行李方便半夜出逃，害她一夜未眠。

難忘的旅遊可遇不可求，我反而覺得這聽來振奮人心，隱約也知道我的計畫恐怕是泡湯了。

年中農作正忙時母親腳痛加劇不大能下田，我放棄說服她們，默默轉向第二個計畫：離島遊。同樣是乘船，只是大船變成小船。曾經嚴重暈船，再也不敢做乘船想，幾年前好不容易起心動念準備航向七美卻被颱風壞事，對我而言，乘船無疑是一項勇氣的試煉。

這個想法又招致妹妹批評，太陽是不那麼毒辣，但那時候季風起兮舞船舞浪，別想得太美。似乎得在烈日和狂風之間做個選擇，別無他途。

行動受限的母親只能待在家裡煮飯，無法下田，那阻隔有如一個大洋，無奈沒有渡船，她開始認真考慮開刀置換人工膝關節，一天天妥協。我和妹妹想法終於一致，那就將手術時間訂在秋天我回去的時候，天氣轉涼適於術後調養，高雄的姊姊允諾屆時將回來幫忙。

這個令大家都安心期待的計畫卻被家族中一樁突如其來的病痛給打亂，母親掛號延期，姊姊也就沒有回來，我一個人在樓上房間聽著窗戶被風吹得嘎嘎作響，回溯大半年來我對這次返家的寄望，總希望它被善加利用，沒想到最後竟是奢侈的一個人靜靜待著。

我問這風是名叫「巨爵」的颱風，抑或東北季風，他們的答案模稜兩可，好像我向經驗豐富的醫生提出兩種可能引起疼痛的原因，他其實也不能分辨，說不清楚。對他們而言這根本不是問題，反正是風，哪來的，多一陣少一陣都無所謂。

熄燈後風掌變得更大更有力，持續拍打著玻璃窗，我還是不相信十月的風就這麼狂了。床頭上向北的窗緊閉，西邊的窗一度度調節，留一縫透氣，它竟也能將束縛的窗簾吸進去搧動。

天一亮我急著把窗子打開，盤腿面北坐在床上，打算和風面對面，看它是來真的還是假的、冷的還是熱的。窗簾像水袖朝床鋪甩來，我急忙將窗戶關小，不多久又打開。一會兒真的不理會它看起書來，抬頭，發現窗外一片金光，風也歇了。

鬥志

第一次聽見「鬥志」一詞是在讀國中的時候，班上來了新同學，且是從台灣轉學來的，長得很高，坐在最後面，對我們而言他有如雕像般的存在，不愛搭理人，男生女生都一樣，老師雖想多關照他，但他答話總是懶懶惘惘的，好像連起身都有困難，漸漸地也就不為難他了。這樣的日子也不知道他挨了多久，有一天消息傳來，他要轉回台灣的學校去了。這件事不知道讓他有多高興，恐怕像流放刑期屆滿即將返回京城一般，不知道他親口向多少同學報告了這個好消息，同學一場，算是道別，當然也包括我。

幾乎是第一次跟他說話，印象深刻那天的他神采奕奕特別漂亮。他雖然皮膚黑黑的，就算不是天生的，也是在別的地方曬的，不是澎湖，並不健康閃亮，而像是黑著一張臉，且經常懶散的趴垂在桌上，使他看起來有如溫室裡的豆芽菜，不過這時他背也不駝人也不倦了，五官靈聚在長長的臉上，看起來極為俊俏，尤其是掃除陰霾之後黑白分明的大眼睛，彷彿可以看見光明的前途在裡面閃示。也許他覺得至少應該問聲為什麼，我卻沒有，最後他突然說道：待在這裡太久人會失去鬥志。

好個冠冕堂皇的離去的理由，大概是他在澎湖的這段日子最偉大的體悟。這是使用鬥志兩字的壞示範，他該等到轉學後才說給他的新同學聽。不過，一語驚醒夢中人，我連自己缺乏鬥志都不知道，且是這個與世無爭的環境造成的也不自覺。

我當時也不夠聰穎到給他一個輕蔑的微笑。再沒有人提起他，不曉得重拾鬥志後的他變成什麼樣子，無法驗證他那句話。因為他，我很早就明白所謂的鬥志不過是一種藉口，一種生活的興致罷了。

到了高中又有另一則鬥志的範例。我們的體育老師，在地鄉下長大的他雖然教的是體育，可能是小時候營養不良，個頭瘦小，一身黝黑不僅是被田徑場上的烈日灼身，更像是從小務農，課餘還在幫忙種田，摘掉斗笠來到學校，眉宇之上掛著耀眼的太陽，給人一種威嚴又孤獨的滄桑感。大概是厭倦了高中體育老師的生活，每天吆喝學生撿球認真做操，運動會推三阻四沒有人願意主動上場，下課時乳臭未乾的小鬼勾肩搭背請他多照顧某個可愛的女生，在走廊上與跟他借課的英文女老師打招呼總感覺矮人一截。他離開任教多年的學校，聽說到台北坐辦公桌去了。

再遇見他時我和同學剛離開高三晚自習的教室搭上回家的公車，他主動迎上前來跟我們說話，倒不一定叫得出我們的名字，但好似認得昔日記憶的一部分，像拿到一塊失落的拼圖一樣雀躍。那些運動選手穿起襯衫西褲來都特別的瀟灑挺拔風度翩翩，我們訝異於他外貌上的改變，尤其是在夜間公車悽悽慘慘的燈光下，更驚訝於他是多麼的自信愉快。末了的一句話更是叫人耳朵一亮，他說改天到台北去找他，他將請「愛妻」下廚招待我們。若在鄉下繼續待下去，恐怕他一輩子也不可能在別人面前稱呼自己的老婆一聲愛妻，這是他想要的。

電視

我把碗盤收進廚房，回頭看見他們靜靜坐在沙發上，問電視怎麼關了，父親說不能一直看，電視要休息一下。才洗好碗，電視又開起來了，原來等待連續劇開演前是一個適合休息的空檔，不到半個小時。再見那幾張猙獰的面孔，聽他們咬牙切齒說著不知是哪個縣市的台語腔，幾個月前返家時的情景自動接軌，彷彿我從未離開這個客廳似的，只是好人變成壞人，壞人變成好人了，分手的一對怨偶分別和一對兄妹談起戀愛。

我們總是邊看電視邊吃午飯和晚飯，不是電視新聞就是連續劇，連續劇播放的時間最長感染力最強，成了另一種家常便飯。晚間八、九點，有時在台北街頭小巷漫步，不經意瞥見一樓住居或商家一格眼熟的畫面，常是一個瞪眼非憂即惡的特寫，又是那條穿梭城鄉的巨蟒，突然間有種怪異而諷刺的近鄉情怯，但當它放大在面前時，沒有一次不驚覺它是如此醜陋的一條假蛇，而不禁同情起這些愛看連續劇的老人家。

有人開玩笑地統計出我們這不可思議的「長壽劇」，每一部平均有多少次驗DNA多少次喪失記憶多少次跳海和車禍，生活的衝擊和重創接踵而來，幾無寧日。就我碰巧所看到的，還有一個怪現象，凡結婚必有人鬧場，所有仇恨像大鍋菜全在此時上演，將荒謬惡行言語暴力掀至最高潮。在恬靜的田園生活裡觀看的卻是最畸形的本土戲劇，常使我對電視節目生起氣來，而愈加懷念剛擁有電視機大家一起看電視的純真年代。

母親對此也有微詞，但只能微詞，他們似乎無從抗拒。對照群魔亂舞的連續劇，其他節目變得良善可取多了。母親愛看古裝的民間故事，善惡有報，好人壞人一目了然，有神仙也有鄉土，順應華麗的時代需要，增添許多特效和搞笑。其次就是諧星走訪鄉鎮廟口與民同樂的節目，挑在父親出門找鄰居泡茶時自己一個人散漫地看著。

父親對電視節目較有主張，收看的節目比較多樣。常常早上起床在樓上就可以聽見電視機的聲音，像抽水馬達開始運作了，下樓來只見畫面停在棒球場上或者國家地理的曠野，下田回來的他在浴室裡面。

等著把菜一道道從廚房接應到餐桌上，這時候最適合收看收聽歌唱節目。想都沒想過竟然有所謂的對嘴歌唱比賽，參賽者唱得煞有其事，評審更是評點得頭頭是道，使你也認真看待起對嘴這件事來，如何陶醉地將鄧麗君的歌從自己嘴巴裡唱出來而毫無破綻，人歌合一，色香味俱全，自娛也娛人。

傍晚飯前則是一個地方性卡拉ＯＫ的現場直播，十分簡陋的歌台，暗紅色的布簾，上台高歌的都是些出來交際應酬的阿公阿嬤，打扮體面猶如坐喜宴主桌的親家，但是沒有燈光氣氛沒有優美音效，怎麼看都是藉歌澆愁的寂寞老人，有時父親碰巧看到他認識的人，會興高采烈跟我們說那是住在某某地方的某某人！喔！我們隨口敷衍，誰在乎他是誰呢？

電話

澎湖家的電話非常實用，電話一來古典音樂悠揚響起，伴隨著女司儀般的口吻，節奏分明的將來電號碼清晰地播報出來，讓你在靠近它時心底有個譜。我們正各就各位吃著飯，電話突然像水滾了一樣冒出聲音，聽來並非知悉的電話號碼，似乎沒有必要中斷進食去阻止它鳴唱，我衝口而出：別理它！這時父親立即放下碗筷準備走過去接應它，一邊極為不可思議的說：怎麼可以不理它！

一個人與電話的關係大概就是他對人際關係的態度，更可以說明一個人的性格，我用這件事描述我母親，你大概可以知道她這個人，我出門在外多少年了，她從來不曾打電話給我，可能連我的電話號碼都不知道。對照那些用電話追著孩子跑的母親，我比較喜歡我母親這樣子，無為而治。母親們比較喜歡的是孩子主動打電話回來，求之不得有的還惱羞成怒用規定的，高標是早晚各一通請安報備，理想是一天一通，至少一個禮拜一通。

我的大學室友是獨生女，和母親關係緊密，常常排隊等公用電話和母親說話，自然是心甘情願，且是想念，說起電話來非常溫婉貼心，就是女孩子該有的樣子，女兒的楷模，每每可以側耳微笑久久不發一語，聽母親將一件事好好敘述完，才輕嘆似的以一個ㄏ音的單字回應，真柔軟到令人起雞皮疙瘩。多年後她經歷了一些人生，最心疼她的仍然是母親，有一次她對我說，她下輩子還要和她做母女，我仍然不是羨慕，而是感傷。

我母親不愛或說不擅打電話，大概也因父親是公關高手，這些是他的事，但對接電話仍難免鄉下人心態，視為一種責任義務，好像家門該永遠敞開，甚至夜不閉戶。最近她跟我抱怨，天冷晚上睡得早，卻被鈴聲從被窩裡劇起來，聽到的卻都是候選人的語音拜票電話。何其精神折磨啊！選舉！我一樣叫她別理它，也知道她無法不理它，夜半鈴聲最叫人忐忑不安。因為膝蓋退化行動不快，她囑咐過我們，讓電話鈴多響幾聲，她已經在來接電話的路上了。

手機和網路盛行之後家用電話遭到冷落，甚至是遺棄，只有在回到澎湖家還能感覺到它的活絡和繁忙，其實是好的，多半令人愉快，比如一點兒風沙、雨絲、小石子飄入井中，泛起一圈圈小漣漪。

不像我台北屋中的電話鎮日像支大釘書機靜靜釘在那裡，有時好幾個禮拜也沒張過一次口。我還是喜好用家用電話聊天，安定下來，還可以在這塊黏氈上伺弄窗台上的植物，但是可以這樣聊天的對象越發的少到快沒有了。

既然已經變得那麼可有可無，對它的要求也不多，隨便在大賣場找支最便宜灰撲撲的就好，且可以傳真，有來電顯示，其他功能也不研究了。沒想到它是支很有個性要求節制輕聲細語的電話，每當我在通話中尖聲驚叫或大笑，它就會自動斷線，屢試不爽，朋友都說恐怖，後來莫名其妙地來電顯示消失了，這著實帶來不便。再換電話時我選擇了一支和澎湖家一樣的電話，好以逸待勞，早一步拆穿來電者身分。但是當它樂聲和擴音播報電話號碼齊響，準會帶來一陣恐慌，老婦人跌跌撞撞跑來接電話的畫面就出現了。

饅頭

小時候偶有遠方的親友和我們同桌吃飯，阿嬤總笑著叮嚀他們別客氣要吃飽，否則這偏鄉小村——「壞所在」可是連個小麵攤都沒得找喔！這是事實，但他們畢竟只是短暫體驗鄉下生活的外來客，真正沒轍的應該是悶在裡頭的我們，除了在家吃飯，別無去處。

出來解救這種饑荒窘境的正是饅頭。一個年輕力壯的男人攜家帶眷回來住在他父親的古厝裡，勇氣可嘉的在慣吃清粥小菜的地方賣起饅頭，黎明破曉灶上蒸籠冒出生龍活虎的白煙，把天給蒸亮了，從三合院外即可看到感覺到那股奔騰的日出而作的生命力。事隔多年再回想，讓一個年輕的饅頭師傅滿懷希望，那絕對是小農村最朝氣蓬勃最富生產力的一段歲月，路上微笑的小童行色匆匆，手上提著一大袋白饅頭與黑饅頭，他一路提到田裡不怕打灑，饅頭在哪餐桌就在哪。

回家總有許多平素吃不到的好東西，卻不忘叫妹妹幫我打個電話給她朋友，她會做好吃的饅頭。妹妹回電說她最近忙暫時不賣饅頭。有那麼點失望，並不嚴重，這是一種美好食物合宜的吸引力，不會因為吃不到而使人過分失落。

沒想到她突然出現，帶來六個白饅頭，說是吃剩的。我萬千歡喜收下，擠進冷凍庫，飛行途中瀕臨解凍，帶回台北，再度放入冷凍庫。幾經冷暖過渡，被塑得奇形怪狀，像是幾顆古怪的白石頭，花幾分鐘時間在電鍋裡蒸熱，彈牙香勁還是回得去。恰恰與阿兵哥數饅頭的無奈心情相反，一隻、兩隻，數著饅頭不捨得吃，這才去想，為什麼對饅頭印象這麼的好。

為了買饅頭而設鬧鐘，那是在老房子附近一對眷村老夫妻做的饅頭，從前他們家大業大時沒見過，只趕上個日薄西山的黃昏，兒孫都拉拔大了，在屋前開扇小門，每天下午三、四點幾十隻賣完為止，老公在屋內分配饅頭，老婆在屋外洗滌收工，十分居家生活。只要見地上乾巴巴的就知道今天沒饅頭吃了，地上乾旱一天天拉長，這次不是探親，再也回不來了。

為了買饅頭而跟著人家去排隊，出爐時間寫在門口像火車時刻表，時間到了，人龍緩緩往前挪動，在隊伍中隨著時間消逝心底的饅頭數幾度增減，拿到那在塑膠袋裡冒煙黏成一團挪不動的饅頭倒有些懊惱，沒有人吃得了這麼多熱呼呼的饅頭，何不稍微冷卻才賣給我們，我既愛吃剛蒸熱，熱得燙手燙口的饅頭，何必慕名跟著去排隊。

最令我欣羨的是那些只為家人揉製的饅頭，一隻隻特別小特別Q看得到凹凸有致的手勁，初蒸熟時散發的香氣非我再度蒸熱所能比擬。我看見一個年華老去的女人為她姪子學做的小饅頭，一隻隻美得像玉脂，心底驚嘆：她好愛他們喔！

曾有一段時間我常在新北的樹林鎮走動，總是吸著鼻子滿腦子悸動的想找出到底哪裡在做饅頭，即使後來知道了那是酒廠製酒飄散的香氣，不是蒸饅頭，仍舊情不自禁，想找出那個冒煙的蒸籠在哪裡。

便當

路過多年不知道這兒有家修鞋和包的小鋪，最近終於把壞了許多年的皮包拿去修理，上門時老闆向著玻璃窗在吃飯，一個和他背靠背坐在板凳上的女人先招呼我，不一會老闆轉過身來，我看到小窗台上有個圓形的不鏽鋼便當盒，雖然蓋子蓋著，什麼也看不到，我卻好像看到養著珍珠的蚌殼那般驚喜。原來這個稱呼他「師傅」的樸素的女人是為先生送便當來的妻子，當下想的竟然是這肯定是間可靠的店家，我來對地方了。

有個人專程為你送來親手做的便當是最幸福不過了，這幾乎是所有人都會有的想法。我的女上司告訴我，她的嫂嫂陪哥哥在德國讀書工作，午餐時間嫂嫂為哥哥送來剛做的便當，同事見著莫不表示羨慕，做丈夫的或者得意忘形或者故做謙虛脫口說出：「反正她也沒事！」這話深深傷害了妻子的心意，她跟小姑說起這件事。這件事太有代表性了，它揭露了婚姻中的許多矛盾和難題，令人感到悲戚的是便當是閒閒沒事的人做的。

對於親手做的便當我們滿是美好的想像，已經失去平常心，成了一種情感包袱。熱戀中人常拿來炫耀的最甜蜜最感動的事便是對方親手為他（她）做的便當，網路上常有人秀這種照片，用菜餚寫字作畫；有個女星也曾說過男朋友的求婚戒指就放在便當盒裡。如此刻意，多半是種手段，製造浪漫記憶。

日復一日的餐飯才是真正在解決飢餓的問題。約在校門口接下家人親做親送的便當是最棒的，最不如的是吃團膳，至於那些昨晚做的便當、外賣的便當就是差了點，更是凸顯某個人現做的美味健康和情感連結。

大多數的便當都是昨晚就準備好的，一大早用一根繩子緊緊繫好，打個結，有如一個禮物。我們小時候很期待上國中，上國中就可以像姊姊那樣帶個便當出門去，好像要去很遙遠的地方做很重要的事，不方便趕回來吃飯。所以只能等待一年一度的學校遠足，可以好好準備一個便當來等待飢腸轆轆。有很平常的菜色，也有專為明天做的佳餚，像寶石般排列鑲嵌在白飯上，盛在碗裡的飯就是不如在便當盒裡好吃，尤其那個被滷蛋擠凹的印子，濃縮凝聚著遙遠的美味。遊遊蕩蕩，赤日底在樹蔭裡坐下來，各自打開那個像字典那麼厚重的方盒，便心願已了。而其實它不過是個冷冷的便當。

真正進入每天帶便當上學的日子，小時候那種玩家家酒的幻夢徹底覺醒，一台拙笨的時空轉換器總讓食物的色香味流失，反而是書包裡湯匙在便當盒內空空作響的聲音輕快悅耳，終於可以放學回家了。

至於外賣的便當好像更不值得一說，不過我們樓上有一位在家工作的先生，每天中午時間一到就趿著涼鞋散步出去拎回一個方盒子，我看他悠哉悠哉神情愉悅，看到個什麼新鮮事就停下來觀賞拍照，私下給他一個外號「便當哥」，整個大樓裡只有與他在電梯裡獨處最自在，他不社交，也不用情緒干擾人，笑容拿捏得宜，招呼道別恰到好處，我覺得這正是便當的藝術。

零食

這一輩的人常感慨童年時受到體制和校規的壓迫：不能穿便服不能說方言不能留頭髮……種種的限制，這些事情我的反感還不強烈，最不舒服的其實是沒有飲食的自由。

讀小學的時候，星期一營養午餐配饅頭，星期四有個麵包，務必於用餐時吃掉，不准偷偷帶回家，老師會捉賊似的一個個檢查我們的書包，把麵包拿得高高的問：這是什麼？老師更抓偷渡客似的一個個檢查我們的抽屜，找尋我們吃零食的證據，一個梅子核一塊口香糖，拿得高高的問：這是什麼？

在學校課桌上吃掉的那一個麵包叫做正餐，留著偷帶回家邊玩邊吃邊寫功課的那小半塊麵包叫做零食，截然不同的心情和食物。老師的理由是怕我們沒吃飽，我不記得我有過對餐飯的飢餓感，或許不夠深刻，但是缺乏「精神食糧」的滿足卻忘不了。禁吃零食的理由則是零食不健康影響食欲，有點像禁書，讀你該讀的，用以表示效忠正當的思想。那個年代的孩子可沒有什麼零用錢和物質享受，零食的來源可能是親戚或者家長偶爾不理性的寵愛，要是同伴獨獨對你的友情分享悄悄放進你口袋，或者用自己好不容易存下的零用錢拿去買的零食，那更是奢侈得不得了的快樂，因此招來羞辱和懲罰，心底不是後悔，而是嘔死了。

最近特別想念豆乾，回家特地買了豆乾當作出門的零嘴，順便讓父親送給他的茶友當作茶點。有天下午父親不在家，這位茶友來家裡和母親說了許多，他平常模樣很酷話很少，我很好奇什麼事，一下樓母親也急著傳話，他說豆乾好吃，請我幫他買些寄回來。我想一定是孩子貪嘴出動爸爸開口，像我們小時候那樣，惹來阿嬤責罵，真的有那麼好吃嗎？隔天遇見他又當面跟我說了一遍。出乎意料的是，想吃的是他，不是孩子。

這雖然是家知名豆乾，卻是我的退而求其次，我最愛的是另外一個品牌的辣味方乾，它耐咀嚼、不沾手、不喧賓奪主，不分晝夜平常或節慶，一乾為伴。去年過年特別希望和它結伴同行，未過年就先感嘆一大堆零食我最想吃的還是它。過年不就是一堆人可以名正言順的好吃懶做，吃得太飽卻又鬧饑荒，恣意的抓零食吃。但郵購無法確保保存期限，還是按捺著請一向有零食往來的朋友Y幫忙，等些時日才拿到手也可一解假期結束的失落感。

回程的飛機出了點狀況，白白在機上多坐了兩個小時，在極度疲勞的最後一段航行想著這件事心底感到一陣安慰——待會回到家，來幫忙澆花的Y應該已經把它放在餐桌上了吧！在等待提領行李時Y的電話響了，我告訴她待會兒再給她電話，她傳來簡訊：「沒啥大事，只是想和你報告，一心豆乾關門了……」

冰箱

大概是豐衣足食的日子過慣了，我天真地喜歡起冰箱空著的時候，像是砌在雪地上的冰旅館，孤絕空靈，走過去打開門來，至為珍惜歡喜地看它兩眼。

尤其是塞滿的食物漸漸搬空，有種撥雲見日的感覺。剩下一些瓶瓶罐罐，放在冰箱門後面像一列戴著盔甲的士兵；或者放在冰箱上層，若是玻璃材質，在照明燈的烘托下，儼然一盞盞冰雕藝術燈。瓶罐裡無非是油是醋是醬是飲料，就是沒有主食，沒有可以做成主食的材料；所以囉，高掛鍋子，不用煮飯！不必怕對不起那把精挑細選的菠菜，不必被兩三天就失了鮮甜的蘆筍追著跑，該來吃包泡麵，或者買個比薩。不管是吃外面或吃冰箱外面，有很多快樂的可能。

然而，一旦突然被迫得清空冰箱，則完全不是那麼回事，根本無法想像那情境，好想對提出這個要求的人說：「做不到！」

「好，我試試看！」我說。

冰箱腳下暈出一灘水已有一段時日，或大或小，像尿失禁，常時得在腳下圍著一條毛巾，打開門來，牆壁冒汗，抽屜裡也積了不少水。年輕的女性朋友說該換冰箱了！年長的女性朋友說快找人來看，花五百塊就解決了。結果沒那麼嚴重也沒那麼簡單，那技術人員說得找一天將冰箱清空，插頭拔掉，倘若是管線結凍阻塞即可得解。

暫時別再進貨別再開伙，有些恐慌也有些期待。除去最大宗的生鮮蔬果雞蛋奶製品，冰箱其實空了大半，說一目了然，其實也未必。盤據在底層在邊界的那些散戶，平日或許看不見用不著，但要驅逐出境反而比過客型的食物更傷腦筋。你得拿到面前一一回想辨認，它們的共同點都是經過長時間提煉釀造，如酒、麻油、醬油、苦茶油、水果醋……，以及日曬風乾的菜脯、金針、香菇、桂圓乾等等。若不商借別人家的冰旅館暫住，就要有敗壞的心理準備。這些東西敗壞起來是不著痕跡的。

闔上門前看見捨不得吃卻忘了吃的一顆白巧克力浮現在蛋架上，另有聖誕拐杖糖，哪來的薄荷糖，一把將它們抓出來，又放了回去。它們遠超越保存期限，成了冰原的一部分。

再打開上層的冷凍庫，暗無星光，一片冰灰，我久久凝視，未出手去打開任何一只硬邦邦的袋子，要辨認這些凍物需要更多腦力激盪和後天的訓練。它們多半來自澎湖海域父母的冰箱分屬不同航班，有個基本的粗糙的分類：舊的在上面，新的在下面；但不僅只兩個梯次，還有比舊的更舊的，都混為一體了。我放棄去追溯它們的入住先後，努力煮掉記憶猶新的那部分，還有一部分，我懷疑已不宜食用了，解凍它們——丟棄或者下鍋，都需要勇氣。

極地的冰山消融很令人擔心，該慶幸我還擁有這座小冰山，凍結綠油油海菜的冰磚。清空冰箱，改天吧！等冷凍庫裡能煮的東西煮掉再說，那得先去買些青菜來搭配才行！

泡沫

使用苦茶粉、豆渣和燙麵水洗碗已行之有年，這些天然聖品去油汙的效果驚人，也叫人放心，手指走過盤面有一種迥異於洗潔劑的質樸感。但是，病懨懨、思緒混亂、不想洗碗的時候，就好似一切都情有可原了，拿起站在水槽邊瞪著一隻狡黠透明澄黃大眼的洗碗精來終結這一切吧！

都是泡沫作祟，輕柔而雪白的泡沫賞心悅目，哪是泥土般的苦茶粉可以比擬，它駕馭一切，讓人感覺事情很容易解決，瞬間化為泡沫。

只消一兩滴洗碗精在菜瓜布上搓揉，夢幻泡沫迅速蔓延，疲勞無趣的手指、待洗心革面的碗盤，乃至雜沓的洗碗槽，皆因這輕盈的小東西的滋潤流暢地融為一體。在它如魔術師那塊黑布的掩蓋下，醜陋的油汙消失無蹤，變出一張潔白如新的臉。

相同的情況也發生在其他沐浴用品上，越是環保成分越是平靜無波，手指頭在臉上划了老半天，划不出遮蓋倦容的乳霜泡泡，鏡中人仍是張蠟黃的臉，不免想念香滑柔珠傳導在肌膚上的愉悅感，泡膜的光彩彷彿皮膚的光彩。最近我才知道有所謂的潔顏慕斯，免搓揉即有現成的泡泡。

絕大多數人都迷信且依賴泡沫，藉由細密的泡沫深入髮叢貼近毛細孔才能帶走髒汙，甚至牙膏也要有泡泡。洗髮時得搓揉出滿頭如雪人的白泡泡，一球一球地擠在虎口甩掉，再用水沖淨，才算是一次徹底的潔淨，形同儀式。這過程拜泡沫所賜有膨脹、堆砌、隱藏、甩開、搓之即來沖之即去……種種虛無的樂趣。一瓶洗髮精成分天然氣味天然洗後帶來全新的清新感，可惜欠缺泡泡而感到苦澀無聊，心底不踏實，使用頻率越來越低，最終還是被淘汰掉了。

何況其他沉悶費力的清潔環境的工作，更不能沒有溶解汙垢的泡沫，將製造出來的泡沫沖洗乾淨象徵工作完成，有始有終。泡沫被攔阻在浴室的流水孔像一朵潔白的茶花，在鄉間才可能看見淘盡泡沫的流水成一條小河，一流就是十幾二十公尺，走在前頭搖搖晃晃像隻白鵝的是一坨泡沫。

有句話說「女性主義就是敗在愛情和服裝上面」，個人的環保工作就是敗在泡沫上面，我們都太泡沫用事了，一條起泡的河流有多少化學成分匯集在裡面。泡沫的質地和愛情和服裝有微妙的共通點，同樣虛榮華麗不堪一擊，同樣能為沉重的身軀幻生出雪白的翅膀，沒有奶泡的咖啡沒有浪花的潮水，多麼平淡無奇，即使穿著一襲泡沫在身上也無所謂。

水溫

為了世大運的游泳賽，他們拋了據說六千塊大冰磚進入河道，期使降溫。記者實地測試，水溫高達三十二度。

都已經八月快底了，天氣依然炎熱，假使不預先儲備沐浴用水，上午十點半以後到中午這段時間，自來水比體溫還高，雖然沒有像女記者拿溫度計測量，但皮膚的反應是馬上逃開。

沖個涼，已經不是這麼回事了！若只是沖掉汗水，還能忍受幾秒鐘的熱水澆身，但是洗臉萬萬不可，還是先接盆水慢慢等它放涼。

某時尚人自稱為了讓皮膚緊緻，她都用加冰塊的水來洗臉。夏天這麼做還說得過去，冬天豈不自我虐待，透過嚴厲刺激的鞭策達到一種緊繃的狀態，究竟能維持多久，我也很好奇。那麼，用熱水洗臉，勢必導致皮膚鬆弛滿臉皺紋？學生時代一起租屋分攤水電瓦斯費的同學，日後悵悵然的說要跟我們道歉，那時候她用了大家很多瓦斯來洗熱水澡，連洗臉也用熱水，以致二十多歲就長了魚尾紋，姊姊出國旅行帶回來送她的禮物就只是眼霜。我笑說不會吧？你只是比較愛笑！

到底她所謂的熱水有多熱已經無法考據，應該只是舒適宜人的溫度，微溫的水殺傷力不至於那麼強吧！兩害相權取其及時行樂，近慮優先於遠憂，誰不想用溫水洗臉，在手腳冰冷的冬夜。

此時熱浪襲人，寒冬水冷沒那麼感同身受，但是台北冬天的水冷若冰霜老是給我這樣一個印象，那就是每次冬天回到澎湖，水龍頭下的手撫摸到溫軟水流，不再畏縮。

或許是某天早晨——才八月七日——不小心聽到「今天立秋」的新聞，忽然覺得天涼了，雖然這期間仍然是九個太陽，並且經歷了一次叫苦連天的全台大停電，但從肌膚之親的水體中隱約察覺天涼了。

換句話說，夏日最幸福的是免費的太陽能自來熱水，正午熱滾滾，到了近黃昏時呈鬆弛狀態的溫水，遲暮的溫柔，疲憊而舒坦。原本晚間六、七點還可以從水龍頭右邊藍色冷水區得到供應，立秋後悄悄提早結束，洗澡尚可，洗頭得使用熱水器了。有如一場太陽雨，這樣的天然溫水無法儲存備用，意即必須仰賴熱水器施捨溫泉暖流的日子不遠了，真是雙重悵然。

冬日南部溫暖乃理所當然，夏日居然還是烈焰湖海的水善體人意。八月下旬台北如火如荼的舉辦世大運，我在澎湖發覺這裡的水跟台北比起來是所謂的冬暖夏涼，日正當中，水溫和可親，絕對可以洗臉，日落後秋暖的水溫可持續到入睡前帶入夢鄉，彷彿常溫。兩地的差別在於一個是置於高處的水盆，一個是地下的水井，烈日灼身的二〇一七我恍然明白這麼簡單的一件事。

髮束

朋友來信說她幫六歲的女兒剪掉長髮，情況比預期中順利，小女孩沒什麼不捨，倒是她瞞著女兒藏起那束頭髮，將來某一天再告訴她。

我也保留過一束頭髮，那是大學畢業那年夏天剪掉的，和乾燥劑存放在一個胭脂紅的糖果盒裡，與難以歸類的雜物放在一塊，搬家或找尋他物時才會意外現身，從來沒有想找它的理由。總是忘記那是什麼盒子，盒蓋一掀，就會聽見自己發出意思不明的一聲「喔！」像是說想起來了，又見面了，或回應那撲鼻的塵霉味。

它在圓盒裡捲成一個馬尾弧形，與綁在頭上彎曲的弧度差不多，但是和想像中的一束長髮有些差距。一段髮尾，頭髮全長的二分之一左右，除了待在頭頂的，得預留一截來做修剪。美髮師隨口問問，我隨口說好，就好像牙醫問了，你就把拔下來的智齒打包帶回家做紀念，沒問就算了，保存也好丟掉也罷。答案是留，那就得梳得整整齊齊，用一條強而有力的紅色橡皮筋牢牢紮緊，然後出剪。

事隔多年綑繞四圈的橡皮筋已斷了一圈，然未鬆開，頭髮也沒有散掉，好像已經一體成型了。從靠近橡皮筋的裁切面看，密集的髮根一點一點好像布滿花粉的黑色花朵，十分冷血。美髮師說頭髮多是年輕的象徵，我想曬太陽也是年輕的象徵，令我驚訝的是它那扎扎實實的厚度，以及接受過多燦爛陽光照射別人誤以為染出來的一層栗紅色，雖然光澤日漸褪去，質感有如舊洋娃娃的假髮。

現在不太可能再留那麼長的頭髮了，浪費水和洗髮精，尤其是浪費時間，「年紀越長越能了解最大的奢侈品是時間」，知名的服裝設計師這麼說。留一頭長髮自覺賞心悅目，犯不著太計較那花在自己身上的時間。留不得最主要的原因是做起事來不夠乾淨俐落、拖泥帶水、綁手綁腳，特別是心情煩躁時，還將遷怒到它身上，甚至有點妨礙思考。一有可以紮束馬尾的長度就必定將它管束起來，立覺神清氣爽耳聰目明。

一向對女性同胞苦口婆心的施寄青女士在探討親子關係的電視節目上，直指剛才發言時不經意嫵媚地撥弄了長髮的女士，先把你那個頭髮剪掉！然後才開始試著修正她的想法。最近有位女舞蹈家剃光頭髮發表新作，她說過去弄得漂漂亮亮的長髮帶給她安全感，現在她想知道沒有長髮一旋轉一潑灑製造的強烈效果，她是否一樣有自信。髮如其人，剪掉長髮代表揮別過去、自我解放。但長髮對女人有時像香菸，扮演著老朋友的角色，即便有種種壞處，就是不想戒斷。

一天到晚綁著頭髮的女性，美髮師警告，非但對頭皮不健康，還可能造成額頭上的髮際線後移，類似湖泊乾枯、海岸侵蝕等環保問題，顧此失彼，導致更嚴重的問題。為了不讓自己綁成習慣，好一段時間我讓美髮師將我的頭髮剪短到無法紮束的長度，迫使自己鬆綁。然而終究是太熱了，稍微達到綁束的長度自然而然就又將它縛捲上來。那紮起來的一束頭髮，讓我想起那個折斷一根筷子容易折斷一把筷子難的小故事，它顯現出一股團結的力量支撐的力量在後腦勺上。

耐熱

一個步履蹣跚的老爺爺牽著孫女和狗兒走進超商，學齡前的小童很老練的不急著買東西吃，而是找個位子坐下來，背一靠兩腳一懸，說：「好涼好舒服喔！」

是好涼好舒服，待久了就變得理所當然了，再從這兒出去，即使夜幕低垂，走入樹木林立的校園，卻覺得更熱，不過幾分鐘，整個人都沒勁，像黏住的書頁翻不開了。正因走得很慢，乃找到走得很慢的事，陪著一隻在路邊爬的蟬，牠看起來也好疲累，爬個六、七步就停下來呆歇一會，再繼續。

幾年前我和報社的記者在夏天裡碰面，他談到妻子和他為冷氣的度數有點意見相左，「她說二十七度，我說二十六度！」「二十七度！」我很肯定的告訴他，妻子的堅持是對的，無庸置疑。

這世界越來越熱，人也越來越怕熱，然而夏天是一個越來越大的沙漠，一年一度必須橫越一回。有一句十分文藝腔的話，「沒有愛如何過冬？」愛能取多少暖啊？實際需要的是厚衣、棉被和爐火吧。炎炎夏日「愛」這個空格，填上哪個名詞代表的是耐熱程度，「沒有（1）冷氣（2）風扇（3）扇子（4）風和水（5）涼亭和樹蔭……如何入夏？」

那些斤斤計較於電費的節電的女人都是基於愛，夏日裡這種話常可聽到，「我都不捨得吹冷氣，留給我媽（我兒子……）吹！」有些則是怕愛之適足以害之，她們在這方面是虎媽，非常堅持，更有些不只小愛。她們控制著今年開冷氣的日期不得早於去年，為了達到目的，甚至打開電風扇的時間也得要節制。

我現在是個風扇狂，但我剛到台北時夏天不用吹風扇一覺到天亮，同住在宿舍彰化來的學姊說她在床頭夾了一支小風扇（現在街頭上的嬰兒車也常見夾著一支玩具似的小風扇），還需裝一小瓶水往身上噴灑，等風將水吹乾了再噴，如此度過悶熱長夜。這是一、二年級的女生宿舍，大三大四住進了學校最歷史悠久的「文舍」，連使用風扇的插座都沒有，那時我的室友一熱起來就氣得把窗戶給拆掉，黑壓壓的一個窗口好似一幅星夜。

前些年我回學校看見文舍外牆一室一箱掛滿了冷氣機，好像一串串沉重的鎖頭，將門窗都封鎖了。氣溫節節升高，倘不如此，這座舊宿舍還有人住嗎？去年夏末來台北求學的外甥女十分高興她拿到的是一張有問題的「冷氣卡」，可以無付費顧慮的享受冷氣。

有人問什麼時候才可以開冷氣，證嚴法師回答：「看你們是要享受？還是要修行？」耐熱難以成為生活藝術，恐怕得當成信仰。小時候我們會在夏日正午相偕來到廟裡，腳踩著如大理石般沁涼的地面，背貼著滑溜的拱門，聽雀鳥啁啾，細細聲說話，躡腳走到樓上，那兒幾個伯公衣服穿得好好的躺在地板午睡，南風徐來，彷彿躺在菩提樹下。那樓梯如今滿布塵粉，舊時的伯公都到天上去了，新一代的伯公各有各的度夏方式，早就沒有人在那兒睡午覺了！

風扇

那間洗衣店離我家最近，我曾經向她們反映拿回去的大衣藥水味數日不散，使我再也不去的還有，我在店裡看見一支吹送中的風扇滿頭滿臉毛茸茸的灰塵，順著風向塵鬚長揚，用長毛扇來形容也不誇張。

這支風扇倘若立在沒落的鄉下工廠、髒亂的自助餐店，不致如此搶眼突兀，自助餐店的油膩可能使灰塵變油變重，塵鬚無法輕颺，垢面而不蓬頭，但在乾乾淨淨的洗衣店就太說不過去了。且那店內櫃檯、地板、玻璃門無一不清潔，明淨的魚缸還養著小丑魚，唯獨不照料風扇，或許唯獨風扇無法以清潔劑處理吧。

電風扇和電燈一樣重要，造的是自然界的恩賜，風和光。熱天悶天梅雨天都需要一支風車來變換室內的空氣，轉動氣流和心情，正像魚缸上的氣泡機。冬天也不收藏，拖地時藉它加速風乾地面，烹炒時吹散廚房的油煙味，以及衣服上面的藥水味，用途不勝枚舉。這種熱天風扇沒開我的頭腦簡直無法轉動。

風扇可遠吹不可近觀，近觀就怕是風塵扇了，吹出來的是風也是塵。風和塵是無法分離的，從面罩細密的格柵看進去，三片扇葉布滿粗灰的塵粉，好像在外面跑了一個月的車窗，均勻厚重的一張灰板，讓人忍不住想用手指頭題字。要不是敗絮其外了，我不會注意到它被忽視到如此程度，特別是他人的風扇，它們總是處於動態，忙碌於化解我們熱天的煩躁，誰會把脖子伸得那麼長眼睛放得那麼亮去看天花板上的風扇？

好好靜觀一下家裡的風扇就會燃起清潔的欲望。外部的毛絮拿張衛生紙包抓起來就好了，麻煩的是內裡。擦拭扇葉雖然是侵入式的，但它還算是個光滑平面，容易還它真面目。既已掀開了安全面罩，除非故意視而不見，不可能沒發現面罩的格柵上也全是塵垢，這要細部清潔未免太累，乾脆拿到水龍頭下面用牙刷來刷，順便扇葉也入水洗浴。這一拆解就只剩下一支柱狀的骨幹了，清潔溜溜。

廉價的贈品風扇可以這樣徹底，價格貴上數倍的進口品牌則不容許，只能乾洗。雖然它外罩拿取容易，不像有的風扇令人卻步是還需動用螺絲起子，但是其他部分全然不許動。這使我好奇，外國的空氣比較乾淨嗎？網路上可有手工清洗風扇這行業？以後購買風扇一定好好詢問清潔方式，太費事又不徹底的絕對不要。你得抱著它像抱著一個樂器，臉貼著臉耐心剔除它的塵埃毛屑，含有電線的細部不易到達，更得出動棉花棒，像掏耳垢似的。

得承認我也十分討厭清潔風扇，多少年不曾留意風塵這回事不也都過了。只是在心理上，洗過的風扇和不洗的風扇，差別就像高原森林輕拂的山風和省道上吹來的渾風，如此而已。

輯三

下午

陳明章的〈下午的一齣戲〉詞曲都好，尤其最後那句「台下沒一聲好，台上全是雨！」度過下午的方式和心情或許就是度過此生的方式和心情。

如果在下午，一個人，難得去咖啡館點一杯咖啡；去速食店，不知道要買什麼，僅要一個蘋果派，直到發覺蘋果派是炸的，不是烤的；如果人不多，靠窗有個好位子，還是會坐下來。這天上樓前望見對面超商臨街一排座椅，空無一人。

她走在前面的樓梯上，第二次往上看時察覺她爬得很慢，近乎吃力，且不像她的穿著那麼年輕，遂也放緩了腳步，踏上二樓才超越她逕往洗手間走去，超商未必有洗手間。她跟著也進洗手間。我們都低著頭，沒看對方，只感覺那身衣服有人穿著。

很高興仍空無一人，我占據靠牆有一小盆黃金葛的位子，到櫃檯買了瓶優酪乳，算是購票入場，雖然沒買東西也不會被趕，神祕人士長期盤據超商座位的事時有所聞。然後坐下來，調適著我與這個空間這個座位的關係，以及我與從玻璃牆前面路過的人的關係，我看著他他撇過頭去，他注意我我低下頭，彷彿人與觀賞魚，角色不停互換。

她坐在我右邊，隔著兩張椅子。剛剛樓梯爬得那麼慢，現在卻那麼快進入狀況，好像已經在那兒坐了很久。我連她進來都不知道。

她兩手支在桌面，頭低在手上，黑色捲髮綁得鬆散，額上別著一只藍底白點小髮夾，身上所穿的我在漫長的樓梯上已從背影打量過了，紅毛呢上衣，土黃色紅紫花綠葉緄灰毛連帽背心，橄欖綠及膝花裙下襬兩圈土黃絨，白短襪套紅黃仿皮涼鞋，兩個小手提袋一紫一黃擺在桌上。這些花色描述起來麻煩看起來並不會太繁雜，而是與她疲倦的肢體語言相牴觸，好像枝全枯了，花仍盛開。她偶爾也直起下巴望外看，有一種無奈好像〈下午的一齣戲〉裡的一句歌詞，在心底問「黑雲你是打哪來？」令同為女性的人感到難受的是她坐椅子的方式，一再的將裙子掀起來罩在圓幣形的椅面上，有些事令她擔心。

我看了一下書，不知道她什麼時候走掉了。在她走掉之後我才感覺到這是一家和樂融融的超商，主要是那兩個看似高中生的工讀生店員，兩人合作愉快，和陸續放學的各級學校學生談笑自若，其他年齡層的顧客也難不倒他們，像是美式歡樂影集，每個人走進這個場景都有一小段幽默的演出。櫃檯前沒人的時候，他們向來訪的朋友描述剛走的那位先生又來買光所有的關東煮，問他吃得完嗎？他說行！包括幾枝甜不辣幾枝豬血糕……數出來既好笑又恐怖，活像是幾隻鵝幾隻羊。

天色漸暗，我離開超商走向對岸，從落地玻璃牆擦身而過時望見那位食量駭人聽聞的先生，一頭捲髮可可色帽T黑長褲藍白拖的他不久前和我坐在超商同一條長桌的兩端，邊打嗝邊吞關東煮，現在他一個人挺挺地坐在速食店裡，臉頰有一絲微笑，好像為下一段時光有了棲身處感到欣慰。

我歌

臨走前我去了一下洗手間，沒想到在這一小點時間他們馬上「架設」好卡拉OK，操作之簡便如同擺上一副碗筷。再多待會兒聽他們唱個幾曲，我是可以的，朋友的義務和風度，儘管已經耗了很久。但他們的目的是眾樂樂，不容許你只當聽眾，彷彿這一桌子是為了招待你而點的，不開口就不夠意思了。

女主人的歌據說是近些年常參加小旅行在遊覽車上練的，習慣性的把麥克風推過來，問：「要不要唱？」好像那是枝甜美的冰棒，與客人分享是種禮貌。男主人更是不饒人的說：「沒有唱的人不准走！」

勸歌如勸酒，讓人處在承擔賓主盡歡的壓力中，這時候我真覺得搶麥克風的人比塞麥克風的人可愛多了。這時候我也知道最好乖乖就範，別做無謂的抵抗，因為發歌瘋跟發酒瘋一樣可怕。我以為堅持不唱只會撩起他們想聽你荒腔走板的欲望，但其實他們並不會太在意你的歌聲，研究神經科學與資訊科學的心理學教授說：「具同步協調性質的歌曲和身體律動，需要同伴互動、互相遷就，因此能創造出最強烈的社交連結，體內還會分泌催產素，促進建立信任感。」所以最主要的目的是聯誼，難怪我歌唱不好，難怪在ＫＴＶ裡不唱歌的人會感到特別孤寂。

家庭卡拉ＯＫ隨時能歡唱作樂，寒冬猶如一個壁爐生起火來驅逐冷清。大約是去年秋冬樓下的人家買了伴唱機，週間有時也唱，週末偶爾不唱，白日空巢的小家庭，總等到月徘徊時家人聚首始開唱，夜闌人靜時更能感覺你是他們演唱會的座上賓。堆疊林立的樓房裡，聲音的傳播是微妙的，有時覺得聲音來自下，其實是上，甚至他樓，但夜唱的人肯定是樓下男主人，他的聲音我是認得的，我們剛搬來時某個夜晚他曾帶著孩子來按電鈴，很禮貌的提醒夜深了，那一夜家有訪客確實喧譁了點，不過幾年時間他生活習性的改變竟如此之大。拖到最後都只剩男主人一個人在那裡癡癡的唱，不管週間或週末，都自律地把封麥時間訂在十一點半，別說睡覺，連看書也受打擾。

不過，我倒寧可這樣，而不喜歡在電梯裡碰見的那個西裝筆挺一本正經兩條法令紋僵硬不動的他。在那裡他比誰都能唱，唱得情感氾濫，近乎赤裸，使人隱隱產生偷窺的罪惡感。歌近尾聲他會來個總複習，從他女兒唱的流行歌曲〈天后〉，我哼得出一句的〈洋蔥〉「如果你願意一次一次……剝開我的心」到溫柔婉約的〈一剪梅〉，總是那幾曲，好似反覆揉洗著幾件有味道的髒衣服。他這麼努力練歌到底是為了紓壓，還是應酬的需要，隱約有點悲哀。曲終蛙散，那片果凍森林突然被裝進盒子收了起來，但那著魔的夜鶯還在林間飛來盪去。

惡性循環之下，我根本不敢上ＫＴＶ，倒是有一次不錯的唱遊經驗，我隨便點了首王菲，「我用我的心，去看去感覺，你並不是我……」。和一個皆是好歌手的原住民家庭一塊兒，他們的作曲家姊夫也在場反而讓人一點也不在乎。雖然一路追趕著被黃燈輾過的歌詞，有點像小時候跳竹竿舞，亂唱跳一通，只要不被夾腳就行了。那日最快樂的應該是他們的大姊，聽說有歌可唱，她偷偷從月子中心溜了出來，坐在暗沉的沙發上一派悠閒地唱著，好像剛完成關鍵一役的戰士來上一根雪茄。

我為什麼那麼怕唱歌？怕麥克風！怕別人聽見！要唱到忘掉麥克風的電磁味，並與它兩情相悅不知得花多少時間。以前我很常唱歌，我的大學室友常讚美我唱的歌，不過，那是因為沒有麥克風，而且她比我更沒自信，在唱歌這件事上，而且我們的宿舍沒有插座沒辦法聽歌，只好自己唱。

現在我們說一個人很愛唱歌，大概都是指在歌房伴唱帶歷練過後能高歌的人，具職業水準的人，且聽眾的耳朵也已經像機器般會自動評分了，一切都電腦化專業化了。現在偶爾在路上還可以看到有人邊走邊唱，並且沒有戴耳機，讓人好生羨慕就是這種發自內心自得其樂的歌者！有一次一個女人就是這樣朝我走過來，我屏息以待，所有心思都放在聽她唱歌，聽見她唱李泰祥，我在心底哇！一聲感動。

女傭

嗚嗚聲消失在附近，一部救護車停在大街斜對面的屋簷下，那兒住了一個相當老的婦人，從前常常一個人，現在常常有個外籍女傭陪著，救護車大概就是女傭幫忙叫的，以前不曾有過。老婦人被緩緩抬出來，放上車去，靜靜的等待結束，救護車又喧告著「出事了！出事了！」大刺刺地開走了。

幾天後我打她屋前走過才記起救護車來過。老婦人坐在離門口很近的沙發上（女傭來之前沙發不是擺在這兒），面朝外眼垂閉，頭身整個癱靠在椅背上，午餐前的小酣睡。女傭在她背後的灶台邊製造安逸催眠的溫度、油煙味和鍋碗瓢盆聲。然後中午十二點左右她們會一起坐下來共進午餐，餐桌倚著門邊牆壁（女傭來之前餐桌也不是擺在這兒），簷下的路人擦身而過驚覺中午了。

飯後面街的門還開著，外人可以瞥見擦拭灶台白瓷磚的女傭的背影，她們狀似幸福的合伙生活之一景。

得一好女傭是人生莫大的幸運，每個女（主）人的需求順序不同，籠統以一個好字形容，近似好書，可以解憂舒服的相伴，一拿就上手，想放就放下，不用應對，相依為命，且壽命絕對比妳長，妳們的磨合是妳也努力去懂得她的語言，但她真正和妳處得來的關鍵卻大部分不是後天的努力，是她早已被寫好的那部分，天性。她最好非親非故，來自遠方，與妳是兩個世界的人，不用同一種想法去理解事情，但可以感受妳的喜怒哀樂，且有趣。

這一說完全顯示我是女傭這門學問的門外漢，關起門來的事都不知道。壞女傭的故事多半如報上描述，這裡要舉的兩個好女傭的範例似乎真實一些，雖然還是停看聽。

姊姊說她認識一個十分節儉近乎吝嗇的眼鏡行老闆娘，不逛街不買衣，買菜也省，更別說坐計程車，這樣的女人大概常板著臉生活，沒什麼朋友，但她好眼力物色到一個十分慷慨的印尼女傭，女傭買衣服是上百貨公司去的，有一回小少爺要參加音樂發表會，老闆娘只肯花錢租衣服，女傭卻自掏腰包從頭到腳為他買了一萬多塊的新衣裳，女主人不捨得她返鄉，便撮合她嫁給當地人，如此她們就可以繼續做朋友了。

這個故事完美到令人起疑，較為真實的是某天午後母親在和一個我從未見過的女人聊天，那女人老老實實抱著包袱蹲在地上，嘴抿著一絲悵惘，母親叮嚀她下次千萬別再這樣了。她走後不久，來了一個村裡的婦人，不顧午睡時間放聲數落了一頓也去了。母親說，那個住在西邊曾經很富有的老婦人，年輕時雇用一對不怎麼聰明的外村姊妹，現在她老了，頭腦有些錯亂，又和媳婦（來罵人的女人）處不來，乃向她過去的女傭訴苦，央她帶她出走，她真的來了，牽著她一路奔出村外，最後給媳婦追上，又乖乖牽著女主人回去了。

這個故事當然也是感人的，雖然有些不切實際，彰顯它的美好似乎有些不知人間疾苦；但，我還是寧可相信，女傭是她最後可以信任想一起過日子的人。

女廁

「蹲的，好來，一位，右邊後面第二間！坐的，這邊！你要坐的，坐的……稍等一下……」

人來人往，不仔細看不知道聲音來自哪兒。一個黯淡不像出門在外的婦人立在狹長的廁所中央左顧右盼指揮交通，免得她們在甬道擠撞一扇門一扇門去推敲，亂中有序，一個接一個地消化掉在門口排成長龍的女士們。

我在某捷運大站看見清潔人員也有一套ＳＯＰ將廁所治理得整齊乾淨，不禁肅然起敬。想起小時候父親從城裡回來告訴我們他看見一個顧便所的人竟然在裡面用餐，好像悲慘的人生莫過於此了，在光明和黑暗交接的入口擺張小桌，臉上一副臭氣沖天的表情，被摒棄在世界盡頭。

捷運開通對許多女性的另一層意義是上廁所方便多了，且一反過去汙穢的形象變成一個燈光明亮安全可靠的地方，有專人負責清潔工作，比速食店潔淨，使用起來也心安理得。有一次我就遇見一個婦人做出母雞護小雞的姿態，令小姐們不許走進某間廁所，甚至賭氣地說：「有人進去我就不掃了！」然後拿起清潔工具進入那間可能被弄得糟透了的廁所。認真負責到這種捨我其誰的地步好像已經是種職業病了。

不止一次聽母親講起她念國民學校時的一個女同學，她的事蹟永遠只有一項，每到掃廁所她總是提著大水桶衝第一，將別人退避三舍的事攬在身上，完全是一種志工精神，難怪過了半個多世紀仍有人念念不忘。

公廁令人卻步，除了衛生問題，還有隱藏其中的不安全感，要在無私密性的空間進行身體的私密活動，推開門那一剎那就是個挑戰，持續懸著一顆心在那上下左右全都懸空的四片木板中間。在非觀光景點屢屢碰上這種事，遍尋不著終於找到一處偏僻簡陋的廁所，由不得你不進去，要有同伴必定要求同伴守在門外，這種情況下解放後離開廁所，心情愉快近乎劫後餘生，可以好好喝幾口水了。

那恐慌有些女性恐怕自孩提時就帶著了。朦朧的先天與後天的想像合成廁所有鬼的印象，初入學的孩子迫切需要學習的不是讀書識字，而是如何準確地管控好上廁所這回事。托兒所小，廁所緊鄰教室和遊玩場，真正開始學習適應與克服廁所障礙是到了國小。以現在的眼光看來，它算是明亮通風又潔淨，但依舊籠罩在恐怖的氛圍中。一條細長的水泥路自成排的教室伸向獨立於校園東南方的廁所——一間白色小屋，東邊沿著圍牆有叢夾竹桃，夾竹桃有毒從那時候就被教育了，南邊圍牆外是海岸；以彩筆描繪似乎是一幅美麗童畫。

在捷運站的女廁看見倚著洗手台好整以暇地妝扮然後自拍的少女，我會想起在學校廁所被惡獸吃掉回不來的小女孩，她是多麼勇敢獨立在課堂上舉起手來，一個人去上廁所。也會想起我們小學廁所的洗手台，位在入口的洗手台上有面大鏡子，鏡中出現一個漂亮小女孩的白衣藍裙黑眼珠，背景是開放式的廁所的另一頭，一片陽光閃耀的油綠野草，從那兒總好像有個什麼閃了進來，即使只是隻蝴蝶，也會嚇得她拔腿就跑。

咪咪

星期五晚上接到這樣的電話實在可憐，我在高雄的狗朋友咪咪病情不見起色，連日無法進食，看到食物就躲，連牠最愛的牛奶也一樣，最後的希望——喉嚨哽到骨頭——也落空了，恐怕是已經動刀兩次的病仍在啃食牠，醫生讓家人帶牠回家照料，好不容易灌進去的一點流質食物，到了打點滴又都給吐出來了。

一個多月前咪咪的小主人叮叮來台北才報告了許多她家貓狗的趣事，他們一家自在樂天，什麼事到了那裡都會變成笑劇。她說咪咪第二次動刀換了一家高雄最知名的動物醫院，動完刀麻藥未退，醫院的人請她爸爸先回去休息，等狗兒醒來會「立馬」通知他們。「因為我爸長得很像黑道，他們很有壓力！」

她爸爸回家後每隔幾分鐘就打一通電話詢問：「我家狗仔醒了沒？」問了許多次，終於忍不住親自跑到醫院，「醫院的人說謝天謝地！」這時咪咪正好醒了過來，見著主人兩隻眼睛都是淚水。

還說到了他們後來收留的另一隻流浪狗，以及她在台南工作時撿到的貓「赫赫」。

那日她去寵物店買狗飼料，在一隻很大的狗籠裡發現一隻不到手掌大的橘色貓咪，牠又皺又醜不停發抖，被丟棄在店門口的一窩小貓都有人領養了，剩下皮膚病嚴重的牠命運未卜。她「立馬」將牠帶到動物醫院，現學了一些照顧方法，帶牠回家。出生約兩週的小貓兩個小時需餵一次奶，每一次都驚覺兩個小時怎麼過得那麼快，都是在牠飢餓吶喊聲中邊手忙腳亂泡奶邊安撫：「好啦好啦！別再叫了，我快瘋了！」牠的名字「赫赫」原來就是高雄腔的閩南語「好好」。

赫赫大了點可以待在家裡，無需偷渡到會議室照看，某日中午她騎機車出去買便當又收留了一隻「呆們」。那小東西約一個多月大，一條後腿拖著走，差點落到她的車輪下，逃命地躲進路邊汽車底下，她連忙叩來附近超市有養貓經驗的一個姊姊幫忙，犧牲了便當裡的東坡肉做誘餌，成功地將牠送到獸醫那兒。牠的後腿有兩個狗咬得很深的傷口，經過清創，戴上維多利亞頭套，帶回家暫時安置在洗手間裡，兩個星期後才讓牠與赫赫見面，每次十分鐘。在小套房裡稱王的赫赫釋出善意幫牠舔毛，一段日子後赫然發現這隻流連在汽車引擎下的鐵灰色的貓竟然是隻藍眼白貓。原本不太起眼的石頭經過琢磨成了一顆鑽石，她這樣比喻呆們。

星期日下午天空飄著雨，出門到提款機前給咪咪匯去一小筆無能為力的友情慰問，一時錯亂尚未進到走廊下即移開雨傘而淋了一臉的雨。匯了錢打電話告知，也被告知，咪咪中午就動身雲遊去了，他們一起陪牠去火化場，叮叮說她要負擔咪咪單獨火化的費用，留下牠的骨灰，準備去買一個盆子將骨灰混在泥土裡來種花。

我心裡竊笑，他們家從來就不是養花人家，貓貓狗狗在陽台廝混，可有那花容身之處。人到底是偏心的，上次他們家的狗只花了五、六百塊請寵物殯葬業者來把牠帶走，對於咪咪可算是厚葬了，他們之間的情感外人無法明瞭，我只知道咪咪是一隻很有靈性的狗。

學姊

住進宿舍好幾天了，偌大的女生宿舍不分晝夜上演著學姊來認學妹的動人畫面，那個保守的年代，多數女生期望的是一個親切的學姊，倘若來的是個學長，還有人當場難掩失望。

迫不及待來宿舍給彼此驚喜的時間過了，開學正式見面的時間也過了，不見任何直屬學長姊來面前自我介紹，想算了！反正環境熟悉課也選好了。有一天一個自稱學姊的人來宿舍，問我做她學妹好不好？

室友們開口閉口就是我學姊我學長，有歡天喜地的，也有受不了的，我不抱太大的期待，但「塞翁失馬焉知非福」這句話在我身上一向管用，我的直屬學姊出乎意料的可愛。她有張漂亮的孩子氣的臉，兩眉凝黑，睫毛濃密，眼睛特有神韻，鼻巧嘴小，齒如編貝，重點是五官全都會笑。大四的家族學姊叫著她的名字說，可惜，妳就是矮了點！等於讚美她除此之外一切完美。個頭小，她聽人說話時微微仰起臉來更顯稚氣純真，有時我簡直要將她當學妹看，以至於後來我和我那知性又高大的學妹親近不來。

三月夜的天原上，無數城堡的界石閃亮著；
我們都在猜，哪一個星座是妳的故鄉。
人家說，來自仙禽座的姑娘愛穿鵝黃的衫子；
所以，我笑了，那不是生著翅膀的掘井人麼……

學姊送給我寫著鄭愁予〈捲簾格〉的抱枕，並安排了一個校外活動，學姊和室友帶著各自的學妹去國家劇院看《西廂記》，表演結束趕不及宿舍的十點門禁，學姊們情急之下只好帶我們到學長家借住一晚，雖然百般不願意，也只能跟著學姊走。尷尬的是天亮之後我們才發現學長的父親還是個電視主播，簡直比看戲還要戲劇。大清早我們搭公車離開辛亥路，車上見到一位玉樹臨風的白髮先生，多年後我從照片從地址斷定我們遇到的是朱西甯先生。

都是學妹來宿舍找我，我們就站在門口聊天。她講她又經歷了哪些有趣的事，例如趕場看了多少部影展電影；如何撒嬌耍賴迫使戲院的工作人員讓她不按規則進場，最後跳起來親了人家一下；那一屆的奧斯卡她最支持《悲憐上帝的女兒》，她又偏著頭問我，真的有片尾所說的不是有聲的世界也不是無聲的世界可以讓他們在一起嗎？她愛上了李宗盛的〈生命中的精靈〉；還有她的困惑，她覺得學妹會比其他人懂得。最戲劇性的是，她認識了那個上衣寫著「sport」的男孩，她從宿舍樓上的窗口看見他在球場打球便開始喜歡他，他們當真談起戀愛，但是突然有個所謂被拋棄的女朋友來請求退讓，她在一次時空合宜的車站送別順便跟男朋友提分手，還拗著他好好說些祝福的話，他拿她沒轍，只說了：「你好自為之！」說到這兒我們大笑。

後來學妹微皺著眉頭跟我說，她突然很想賺錢，然後就轉到商學院去了；幾年後她又回文學院念大傳研究所，將她對電影的熱情一股腦子傾洩出來；再後來她進了知名大企業，理由是父親對那家企業印象特別好。我懂得她何以需要對我懷有一絲歉意似的，而做出那些令我感傷的解釋，因為她知道學妹心目中的她，也是她所喜歡的自己的樣子。我完全理解她的抉擇，就像每次我問她問題，說出她的看法之前她總是這樣說：「看你是要有波瀾，還是沒有波瀾……」任何人都會盡可能選擇沒有波瀾的那一條路。

她說第一次來宿舍找我的那天早上六點就爬起床了，因為聽說班上有個男同學也想來找我當學妹，她務必趕在他之前採取行動。這是我很喜歡回想的一件往事，睡夢中幸運就要降臨。

型男

大街上外表比他糟上幾級的人我都無所謂，獨獨見到他，會一陣哆嗦。

他遠遠走來，遠觀還算正常，色調和線條較一般人枯朽委靡，不覺太怪異，太怵目驚心。甚至他有一件不錯的薄毛衣，簡單的幾何圖案，深淺的灰褐搭配一抹油汙亮彩，透出浪漫頹廢的文藝氣息，我看了都喜歡，尤其豔陽天穿著，暖洋洋的稻草。

不想和他擦身而過，有別的叉路還是先閃為妙。非因異味，進入他的領空已習慣屏住呼吸，而是避免撞見他的「尾巴」。那些不顧世俗眼光不活在常態生活裡的人通常是披頭散髮蓬頭垢面的，他的正面無異就是落魄藝術家的灰白飄髮，背面卻「搓」成一大個髮片，從後腦勺向脖子肩膀延伸翹在背後，狀似滑板，呼嘯而過；像根超大舌頭，頑皮地朝側目的人吐；更有如臭鼬鼠的尾巴。所以，和他擦身而過的時間會比較長一點點。

小時候我們玩紙娃娃，幫它一套套換自製的紙衣裳，只有一套布衣裳的塑膠娃娃最能把玩的便是頭髮了。我就是好奇，那獨一無二的髮舌光靠汗水汙垢無比自甘墮落的生活方式自然形成？難不成是用髮膠塑形，加上永不平躺？

他在附近遊走，遇見他總是白天，歷歷在目，穿行大街，赤手空拳，不帶一物，也從不停留，從不說話，在勞勞碌碌的人群中，他彷彿是個靈魂人物。有一天他出現在圖書館一樓等洗手間，熱心的工作人員告訴他二樓也有洗手間，他回說：我連這個門都懶得開了我！這句話彷彿門簾嘎地一聲扯開，徹底破壞了他在我心底至少是個神祕的形象。

有些人令人印象深刻純粹只是因為打扮，這打扮引起非常多的遐想猜測，不知不覺成為生活中的風景，我喜歡這種純粹視覺的交集，表象而已。

有位中等身材的中年大叔，十多年前我在上一個住處常常看到他，他一成不變地一身潔白，白西裝、白襯衫、白長褲，提一個大大的黑色公事包，黑皮鞋，金邊眼鏡。最獨特的是寬襬的白長褲，時髦、權威、有錢有勢的樣子。

另一個面向則全是戲劇性，經過造型定裝的一個大騙子。他總是比上班族晚回家，面色嚴峻，目不斜視，大跨步的走進社區小路，看見他的同時，你會很自然地往他背後探望，看送他回來的漂亮白色名車走遠了沒。

最近在住家附近又看見他，也是圖書館，他走出來，騎上門口一部不新不舊的腳踏車，不知往哪去了。圖書館原來是個變身的地方，現在的他，脫掉一身華貴白袍，變成一個每次都穿全套墨黑的普通人，衣服小了一號，人也縮水似的。才知道他那種永遠沉浸在深刻思考中的表情其實是超越那身白衣雋永地存在著，所以我認得，不過，還是拜那身徹底執行的白衣所賜。不知道這些年他發生了什麼事，心境有這麼大的轉變，外表從一片耀眼的白沙灘退成一小道岩岸，我一直看著他，覺得太有趣了，他一定有很多故事。還好，他什麼話都沒說。

井上記

一九九七年的中秋假期我出國去了，好像那是唯一一次中秋節不在家，回家的那個晚上發現家裡的答錄機有一則又一則同樣的留言，那是人間副刊通知我我的〈女兒井〉得了小說獎，我興奮地在屋裡跑來跑去，彷彿中了第一特獎。當時父親是村裡的村長，愛麗斯假藉村辦公室的名義拍來一張手繪的賀電，「欣聞……」非常古樸，那時候的通訊。

今年五月返家毫無預警地發現田裡廢了一口井，剎那間心情混亂無比，懊喪地在田上走來走去，像是遭到一個大離棄，不告而別。一口井之崩壞象徵田園生活和創造的泉源瀕臨枯竭，它的潮汐和季節也是我們的潮汐和季節正在離我們遠去。

伴隨著失落的是一種類似罪惡感，感覺寫作竟是一件浮華的事，像是下巴扣著井墘望下看，看著水面上的一幅風景，以及井中人，真實的幻影。

〈女兒井〉之後我繼續在其他作品裡寫井。〈守夜〉裡閒置的屋後家用水井成了陷阱，一個過於清閒的鄉下警察掉了進去，在裡面度過一個漫漫長夜。那時我回家逢人便問有沒有待在井底的經驗。到了《流水帳》，時間上溯到農業興盛耕種維生的年代，為了取得農會的一筆鑿井補助，需錢孔急的父親在天寒地凍的冬日窩在地底掘土，自顧自地在那裡說起年少時與死黨一起挖井的往事，在地面上負責將泥土一畚箕一畚箕吊上來的孩子只有在聽到使用炸藥才有了反應，側耳傾聽。那時利用回家時間跟父親打聽來的種種鑿井技術，幾乎一字不改的記到了書裡面，雖然心裡還是虛虛的，但至少是一個人的真實。

在〈女兒井〉時，一切都是祕密進行，彷彿挖掘一條地道逃逸，僅在記憶中思索井，未和任何人討論，甚至不能透露，沒有言語沒有地圖，打算循著夢中朦朧的道路尋抵目的地。

構思著一個關於井的故事，不知道如何下手，聽過一部很有名的電影——《老井》，便跑去買了一本《老井》的電影劇本回家，打算好好研讀一番，希望對寫井的小說有點幫助。最後那書只翻了一下，並沒有真看，怎麼悶著頭把它寫出來真的不知道。只記得那年春夏之交發生了一件殘暴的奪人愛女性命的社會案件，整個國家整個城市尤其是女性陷落在悲憤和恐慌裡，夜半醒來腦子裡浮現的都是電視新聞的描述，真實得有如鑿井的器具挖剖堅硬的地層那麼深刻。

趕在七月底文學獎收件期限完成，從簿子上謄到稿紙又必定會有一番修改，偏偏拿去影印時弄丟了最後一張稿紙，回到簿子上找不到當時乍現的靈光，急得像熱鍋上的螞蟻。然而所有的寫作過程都有它進階的正面意義，舊的不去，新的不來，只要不眷戀，必定會有另一條美好的小路在眼前展開。但這話卻一點也不適用於土地上的事，僅是鼓勵躊躇不前的人。那情急之下重寫的最後一段有沒有比弄丟的好，不會有人知道。非常樸拙，那時候的印記。

螢火蟲

搭乘早班飛機前一晚必定失眠，但是這次竟然沒有把精神和心情弄糟。開始輾轉難眠時帶頭攻占腦海的那件事扮演著主導的角色。晝裡我讀了一篇可愛的小文章，寫一個旅人在印度病了，只好待在同一個地方用餐休養，一日夜晚他謝絕店家手電筒護送，獨自穿過漆黑的蕉園而遇見了一隻螢火蟲。

不刻意回想，又似在等待黑夜降臨燈火盡熄，模擬那人所描繪的情景。

一個小奇幻令人精神一振，精靈般的螢火蟲，在經我構築重現的田野上飄來飄去，照亮孤獨旅人黑暗的異鄉，以及失眠者的思路。忽然記起！我也有過和一隻螢火蟲的偶遇。既然如此，何以那篇文章令我羨慕？又為什麼我把那麼奇妙的體驗給忘了？夜路漫長，我反覆向自己索討答案。

那是住在山腳老房子時很平常的一個夏日夜晚，我和孩子出來院子透透氣，紗門內老燈昏惘，院子周邊的人家燈火闌珊，屋簷下的黯影像一塊黑色夾心。「從和服袖子兩尺長的薄紗滑落，螢火蟲被藍色的晚風吹到空中。」和與謝野晶子的短歌描寫的一樣，半空中飛來一顆小火星，不墜落也不熄滅，我們都沒看過螢火蟲，當這個名字不約而同閃過，我們的眼睛都亮得不能再亮。牠飛的姿態有些飄忽晃慢，油性質地的火光形成一圈微小光暈，不知是迷路心慌還是本性愛戲耍，我們伸出手輪流將牠托在手心，牠也乖乖停著，那一刻我差點想要將牠接到屋底去，找個火柴盒裝起來。前後不過四、五分鐘，我們站在簷外目送牠消失在無邊的夢境。

意外拾回這段記憶，我翻個身，稍安勿躁，還是想回到睡眠這個正題上，不料另一個一隻螢火蟲的偶遇又劃破了夜幕。

記憶有太多模糊地帶，不記得為什麼那個暑假夜晚我們出現在台南的姊姊家，為什麼姊姊和姊夫都不在家，我們和不常相處的兩個外甥在屋裡待得有點無聊，他們的阿嬤提議我們去超市買點零食吃，出門前阿嬤偷告訴我，今天是小孫子阿昱的生日，他忘了，不敢告訴他。我心想明天醒來知道了他會不會更悵惘，也許他能過一個不同於爸媽買生日蛋糕和禮物的生日。阿昱和他哥哥帶我們走捷徑，穿過新建的社區後面的野地，那隻螢火蟲就在那時候出現，帶給我們一陣驚喜，把我們融合在一起。

阿昱青少年的那幾年，他們家熱中露營，好幾次經由原住民嚮導帶路，走很陡的山路去看螢火蟲，起先幾隻，越來越多，滿山遍野，亮晶晶的好像聖誕樹。姊姊用這般不可思議驚心動魄的口吻跟我描述奇景，上一次是她很年輕時見識到的鹽水蜂炮。

八八風災幾乎摧毀了那片山野，不過真正使它成為陳年往事的是孩子大了，不再熱中參與爸媽策畫的寂寥的戶外活動。

假如阿昱沒有及時跟別人提起那晚的那隻螢火蟲，後來見識過數以萬計也就更不值得說了；假如我曾經寫下那隻螢火蟲應該就不會忘記了，假如是辛辛苦苦抵達山區看見的是不可計數的螢火瀑也應該不會忘記。最美的記憶並不一定是最深刻的。

流水障

有一次難得和工作繁忙的編輯先生碰面，我卻遲到了二、三十分鐘，非常困窘的直說抱歉，洗衣機出了點狀況！他能諒解嗎？不會有人編這種藉口吧！洗衣機一向是最善其事的存在著，旁人只管插手將衣物丟進去、拿出來。那一天它那大象鼻子似的排水管蹭出了排水孔，水漫得到處都是，有如漲潮，屋室狹小，曬衣間放洗衣機也放置物架、旅行箱，我困在那裡，好像被伸進窗子的象鼻舔了一臉。

這是突發事件，平日得要留意的是盡量別在入夜後洗衣，白天最好也避開一般公定的午覺時間，因為那台垂垂老矣的洗衣機噪音驚人，比溪邊擣衣聊天的村婦們嗓門還大，尤其到了尾聲的脫水階段，整台機器嘎嘎旋轉晃響，位於高樓層，彷彿直升機停泊盤旋，因而洗衣時間必定緊閉門窗。

怎能不懷念以前我們住在獨門獨院的老房子，它有一片紅磚地的起居室，我縱容且喜歡聽它邊搖呼拉圈邊發出零件鬆弛的碰撞聲，簡直快瓦解了，感覺像個殘疾的忠僕偽裝殺傷力十足，像顆苟延殘喘逞強的心臟在幽閉的庭院裡跳動著，我洗故我在。

它在高樓的困獸之鬥終告結束，取而代之的是一部智慧型的滾筒式洗衣機，我喜歡這樣的大躍進，彈指間時代已經來臨。直到現在，也出了點狀況。「嘟嘟嘟嘟……」它捎來觸礁通知，聲音尖細秀氣好像來自某種沒有危險性的醫療設備，不趕過去排除狀況，它會發出彷彿大樓火警的廣播，像Siri講話一樣傻氣，持續中斷洗衣任務。

終究得俯身貼近機面上那一大張代號對照表，弄清楚自己犯了哪條錯誤，「C02」，千篇一律，「無法排水」！放羊的孩子戲弄人的謊言每次都一樣。確認排水管通路正常，沒有它列舉的那幾種可能，包括排水管結冰。未能在預計的時間內完成排水工作也會觸怒一板一眼的它，還有什麼讓水流過不去的呢？清除水管和排水孔，挖取出一些頭髮毛屑和淤泥，臭氣熏人，問題仍在。

乃變通出一套自欺欺人的作法，按下「暫停」鍵，虛應故事地擺弄一下排水管，再重新啟動。電腦很好騙，但是很固執，剩下三十幾分鐘的作業時間，它硬是跳回五十幾分鐘，表示它絕無混水摸魚。

時而航行順利，通常整個航程會發生一次呼叫，偶爾兩次，甚至三次，捉摸不定，影響出門時間，浪費水電。現在很少聽見父親口中呢喃哼唱，大概在他中年的時候老是可以聽見他哼著：「時光一逝永不回，往事只能回味……」我稱這部洗衣機叫做「時光倒流」，時光倒流，它徒勞，我也沒有多做了什麼。

除濕機

三月的某一天，我和除濕機一起關在房間。推開房門見它在那兒嗡嗡低迴，反射動作隨即退了出來，怕打擾母雞孵蛋似的，更怕身上的水分被它吸乾。忽然改變想法重啟房門，我只是要來整理一小個抽屜，我在心底跟自己說，也好像是在跟它解釋，它一向獨處。

春潮消退，腳板微微踩到一股地熱，這是適合與除濕機共處一室的季節，也是不能沒有除濕機的季節。

然而它的呼吸聲突然變了，持續地用力喘息，像飛機起飛那樣加足馬力全身顫動，那種壓迫感讓人想奪門而出。

夜以繼日孤苦的掘井人，我知道他累了，但不知道累成這樣！接著他突然安靜無聲。急速拉弦弦音乍斷，不管這空白是樂曲的一部分，還是差錯都好，我需要喘口氣。邊還屏息以待，持續數分鐘，當他又轟隆轟隆排山倒海演奏起來，部分聽眾忍不住鼓掌喝采，部分仍舊保持哀矜的觀望態度。

除濕作業以禮拜作為單位，這是工作，也需一例一休。下個禮拜它上工時飄出悶熱的膠味，愚昧的主人等異味散去，隔天重新開機，狀況依舊。至此終於證實它被榨乾了，拔掉插頭，結束十二年的主雇關係。

這是第一部被我買來被我用壞的除濕機，於情於理我是該憑弔，就算不為機器，也為那一桶桶從屋井打上來倒入馬桶流逝的水，等同我們——屋子和我——的青春之泉。

很快我就忘掉它的樣子，只記得是米白色的，一彎虹柄曾經因吊掛移動笨重的納水塔而斷裂，上面纏繞著數圈透明膠帶。

銘記在心的是上一部除濕機，第一次接觸除濕機這東西，山腳下的老房子空空蕩蕩，基本的家具全無，房東太太只願提供一部可有可無的除濕機，它立在陰暗霉灰的房間白色幽靈似的。兩千多個日子過後，房屋再度清空，曾經像一塊磁石在屋裡巡迴探測吸取霉礦的它依然冷冷立在那兒，彷彿一切從來沒有發生過，它從來不是站在我這邊。

四月我往西南方海潮的方向走，暫時忘卻盆地裡荒廢的除濕作業。以往都是我先打掃完塵封的房屋，才輪到它上場工作，我負責收復，它代表占領，此時有一種有人接替我，我可以休息了的美好感覺。這一次當我踏進房間馬上發現它不在老地方了，放好行李我認真徹底的找了一遍，它真的不見了，驚恐如發現手下唯一的駐兵棄哨潛逃，雖打起精神做我該做的，但無助的哀傷像瀰漫在空氣中的濕氣，緊緊包圍著我。

吹慣冷氣的人到這裡來不慣沒冷氣，用慣除濕機的人不慣沒除濕的地方，我託弟弟幫我買來這部除濕機，妹妹笑說哪有人除濕機買二手的，原先我也有微詞，後來產生革命情感，便覺得這樣也好，一個沒人要用的老兵適於發配邊疆，他定能耐寂寞空虛。這部除濕機開關形同虛設，無論箭頭指向何方，插頭一插便坦克車般的往前開，關閉也靠直接切斷電源，想是前主人曾令它不眠不休的工作，它再不接受別的指令。加上面對的是一個凹陷的插座，冒著觸電的危險換取滿滿一槽水，有水為憑，並非徒勞。種種感官接觸帶來心理滿足，棉被床鋪四壁都擰乾了，住居又從岸邊推回高原。

我是唯一的使用者，肯定沒有人會去動它，但還是開口問了可能知道它行蹤的人，最後他們都說誰會從樓上偷走那部又舊又重的除濕機！

五月我有了一部新的除濕機，進化改良後的它更見輕薄靈巧，不再令我想起「噸」這個字。淺灰色的身軀，濃茶色的水箱，神祕時尚，樣子像早期的收音機，不過是直立起來了，插上插頭，便可聽見屋內的潮聲。水箱積水的高度若隱若現，讓人忍不住擺頭側臉地打探，不過左上角有個一元硬幣大的凹口，水滴滴落的聲音一豆一豆的，光線充足時可看見濺起附著在箱壁上一顆顆亮晶晶的水鑽，要你聽見看見這採集的過程。好像讀一首未翻譯的詩，我明明是不懂，也裝懂了。

小麵店

小麵店就是小麵店，你不太會叫出它的名字來，做招牌的錢也就省了，但會形容它的老闆和老闆娘，例如每天穿得漂漂亮亮那個、每天板著一張臉那個、戴著一條好粗的金項鍊那個、記憶力超好愛講冷笑話那個……。種種無形中框記下來的特徵，一輕描淡寫，他馬上意會，因為一起上小麵店的人必定是最近和你走得最近的人，也一定是最真實的朋友，完全不需要撐場面。

經常是一對同甘共苦或如神仙眷侶或如累世怨偶在經營著，提供一種沒有油煙的家常。可以說是最無所謂最無期待隨便走進一間不設門面的麵家，但是對於這種小麵店看得多吃得多你其實很懂得品味，它是那麼素顏而高下立判，但又不忍心苛責任何一家；那種寬容有一部分是來自於家家有本難念的經，這是他們的店，也是他們的家，有張桌子在牆壁邊，上面有小孩子的作業簿，和林林總總的家庭用品。並且這種小店的存在好像不是來賺你的錢的，而是幫你省錢。

從前工作的地方過馬路就有家小麵店，冬日傍晚一盞暖燈一蓬熱煙等在那兒，我和一個同是租屋在外的同事常就近一起晚餐，我們的女上司好生羨慕似的愛和我們一起窩進去吃點小東西，享受一點沒有身分和角色的時光，然後坐車回家，假裝沒這回事的再吃母親料理的晚餐。它夠清淡，要是吃別的，恐怕裝不來。但也沒人會嫌它清淡，獨家自製的辣椒醬常常使你不得不點一盤黑白切。

煮麵煮湯燙青菜的兩鍋熱水一部攤車就擺在門口，忙得焦頭爛額的製作過程毫無保留的呈現在客人面前。老闆習慣在麵湯起鍋前先舀一勺熱水澆洗瓷碗，水就那麼隨興的淋在腳邊，也許是希望那麵熱呼呼的，但小姐看在眼底覺得很窩心，讚美老闆，你好愛乾淨喔！

旁邊負責結帳、切滷菜的老闆娘則突然說不出話，尷尬地渾笑兩聲。一個好像剛從書桌邊起身的高中男生直言不諱勸告她，可以不要用同一隻手找完錢又來切海帶豆乾嗎？

拐個彎有一家小米粥大滷麵這類的麵食館，我們的第二選項。店內有一部小如微波爐的古董電視高掛在快頂到天花板的地方，一把木尺擺在桌上，我們左顧右盼發現沒有人愣愣地把下巴揚得高高的，高個兒同事便起身拿起木尺將電視轉到我們想看的頻道。店內請了一個親戚來當跑堂工讀生，老闆夫妻好安心待在玻璃圍著的店頭專心揉麵煮麵。這個工讀生戴個黑框眼鏡，模樣老實認真，頗能掌控店面秩序。有一次我們又一如其他客人吩咐他事情之前叫聲小弟，他突然態度嚴肅的告訴我們，請叫先生，我不是小弟！輪到我們尷尬極了，但沒有因此而拒絕往來，只是得互遞一個眼色，提醒彼此，記得改口，叫他一聲先生。

西門町

那日陰雨綿綿我和叮叮撐著傘有點無聊的逛著她所謂的「小屁孩」才會去的西門町。等到她拿出出門前跟我要的銅板準備投扭蛋機，我才知道她只是嘴巴說，並不排斥，甚至預料到我們會走到西門町來。機器裡掉出六個銅板換來的一顆蛋，蛋裡有隻瞇眼的雪鴞，既像塑料又似陶土，我說牠正好是六款貓頭鷹當中我最喜歡的一隻。

我眼中的小屁孩都倚老賣老鄙視起西門町來了，我這偶爾還在這兒走動的人一時有兩種截然不同的驚覺：是啊！會嗎？這裡曾經是許多青少年的台北初來乍到處，多年前遊歷的場所有些還保留著外貌和名字，那時她表姊的男朋友帶著她們三個南台灣小女孩遠遊西門町，夾雜初戀的雀躍來到傳說中的台北，這種記憶本身就是製作標本的選樣。另嫁他君的表姊去年已為人母，使得她的西門町更加陳年往事了。

從尋覓看不見的衣物到特定的食物，我的西門町記憶有嚴重的斷層，現在偶爾還在這兒走動多半只為買磅咖啡吃個小東西，不值得說。曾一起漫無目的踩過西門町的朋友有一天從定居的外縣市偷偷跑到台北，只有半天的時間，我們就在這兒花掉，我想介紹給她的綠豆糕竟然在這時候賣完，我怨怨的不肯把目光自玻璃櫥內空著的一角移開，她提議就買擺在一旁非當日手工現作盒裝的綠豆糕，我才悵然走開，她問此綠豆糕與彼綠豆糕有那麼大差別嗎，我怎麼回答。這大概是最後一次涉及情感的活動，在西門町。

但擷取別人的故事延續了它的記憶。《文訊》雜誌做了一份作家晚年生活報導，當中有兩位女作家每個禮拜固定相偕來西門町看一場電影，這會是很多女性朋友很羨慕的事。另外，有篇文章寫到他（或她）的媽媽離婚後北上在西門町開著一間小小的鐘錶店，他來找媽媽時總是和她朝夕相伴一塊看店吃便當，打烊後窩在租來的小套房，充分感受媽媽的台北時光。回到家爸爸不免探問媽媽的情況，他形容她都沒變，還是如他小時候看到的那麼年輕美麗，爸爸聽了好像很吃味，又總愛問，有一次竟然說了一句：「該不會我們都老了，她都沒變！」

這一個下午逛得最多的是「格子趣」，這也不是新玩意了，只是我不知道它尚未被淘汰。我們在透視的小寄物格前面交頭接耳，即使那些小物實在引不起我興趣，每當她用充滿魔幻起伏的音調叫一聲「阿姨你看！」我的眼睛就會配合著為之一亮。

其中一格主角渺茫，我左顧右盼幾乎看不見它的存在，這小屁孩很快就弄清楚了遊戲規則，它的配備是幾顆卵、一管飼劑，保證你在多少天內孵出微細如無物的粉透小蝦來。被我拉開一次之後她又杵在蝦格子前面，我努力勸阻她，拜託！你們家的動物已經夠多了，高雄還在缺水，不適合養這個！

咖啡館

一陣子沒去，竟然有點想念，上次離開是在過年前的冬日傍晚，沒有桌燈，一個手電筒似的探照燈拴在天花板上，下午四、五點天光暗淡便感紙字「泛惶」，一本書在小方桌上移來挪去，渴望多接點光，逐漸焦慮起來，坐不住了。

沒有咖啡癮，更沒有咖啡館癮，上咖啡館從來都是朋友帶路，我喜歡他們手上有很多籌碼似的，先來探詢同行者的偏好，而我總無法提供任何值得參考的意見，在約定前或入座後聽他們喃喃訴說這家的好處那家的好處和壞處，以及他的考量，很體貼的都是以對方為考量對象。如果他們對其他咖啡館的描述有某一部分引起我的好奇，我也不宜表現得躍躍欲試，免得他有選錯地方的感覺，他還是看出來了，或者他其實更愛另一家，他說下次再去那一家吧。陌生的咖啡館總是令人期待，和朋友碰面很少約在去過的地方，因而那間咖啡館以後就和那個人的名字連在一起了。

這間咖啡館是我一個人去的，重複去的，和別人相比不算頻繁，因為開在學校對面，就以校名為名。特地從家裡坐兩站車上咖啡館，好像有點煞有其事。從車站走向咖啡館的路上須先穿過一座長長的公園，將有幾個小時靜靜的棲息，使我更喜愛這段暖身的行走，不知不覺越走越快。電影〈綠卡〉當中假結婚的兩人趕不及面談，就是手拖手奔跑著穿過一座大大的公園。

過年前到現在，五月底了，不知道它還在不在，我喜歡的那個座位在不在，我在路上雀躍的擔心著。我又總事先做起心理準備，我願意嘗試別的座位，第二選擇會是哪個位子我也很好奇。

沒什麼改變，沒有人坐在我理想的位子上，椅腳旁邊有幾塊灰白的牆屑，彷彿很久沒有人來了。入座之後我開始研究腳邊那些剝落的漆片，以前並未察覺牆腳斑駁得這麼厲害。牆壁上有四扇直立的長窗，這張與窗同寬的小桌倚著第三和第四扇窗之間窄窄的牆面，桌的兩角凸出於玻璃窗邊，感覺昏暗時我會悄悄把桌子往前挪移。窗子一絲不掛。

所求遂意，我看著窗外濛濛的水綠微笑。今天將不會聽到樓上澆水落在屋頂甘蔗板的假雨聲。剛下車天空即落起雨來，縱使晝長夜短，室內已躲進幾片烏雲，轉臉警惕自己時候不早收心做點事。

窗外有個小園，其實是住家門前幾塊石板連成的小徑，兩旁種置植物，大部分在另一邊，小部分靠近咖啡館，一個穿卡其短褲的中年男子偶爾掠過林叢，帶出刷動青弦的聲音。就在我手邊，長窗下掛著幾個半圓形的花盆，各種植物的葉片觸及玻璃窗，有的找到平順的姿態，有的翻轉扭曲，像在那兒貼臉附耳探聽消息。這令人想起養在玻璃器皿裡的小植物園，雖然侷促，但有一種盎然壯大的活力，好像要突圍而出了。

另一邊鄰屋的牆壁則爬滿墨綠心型的黃金葛，幾株細瘦的樹木像長頸鹿高過屋頂。兩牆之間的禁地，植物顏色偏深，有的種在盆裡，有的長在地面；盆裡也有野生的，地上也有栽種的；有初雪葛從盆中延伸至他盆和地面，也有一些蕨草自泥地大刺刺走入盆內；是個有人經心又不太經心，有點約束又有點放任的園子，看著它的人心緒也是這樣的。

雨止住了，玻璃窗底部白霧升起，整個有些綠漾漾的。在我座位對面的落地門則不受影響，從這兒望出去，可以看見自咖啡館門口斜斜上升的草地和行道樹，再過去是校門口的造景。靠近我這邊鄰接小園那扇玻璃落地門和咖啡館之一角，因燈光折射而左移重疊在小園的景色上面，彷彿咖啡館向外延伸，小園也更加像間綠屋。萬聖節後一盞南瓜頭骷髏身的燈飾一直還掛在門邊，也跟著映現在園景裡了，它的橘色亮度成了日照強弱的指標，天色越暗橘紅越凝聚。

咖啡館女工讀生在上完咖啡之後便隱身在長長堤岸般的櫃檯後面，偶爾可以聽見她們細碎的說笑聲，人是看不見的，直到下一艘船進港，粉紅色門板上的銅鈴噹噹響起，她們才會站起身來。所以，我對她們印象不深，她們對客人大概也是如此。

咖啡館裡另一個若隱若現的是洗手間地板下的一枚十元硬幣，站在馬桶前面眼睛自然的往下看，它在木條間半公分左右的間隙底下，擺頭斜眼想多看一點，但都不可能完整。第一次來即發現它，見錢眼開一陣驚喜，漸漸的探望它一眼成為幽閉時無聊的遊戲。灰塵日積月累掩蓋銀幣的色澤和形狀，好像一隻眼睛漸漸闔上了，不再與我對望。我在想將來它會懷念這段逃逸於交易路線外的日子，抑或是痛恨自己曾經毫無價值。

鉛筆盒

坐定位，咖啡上了，才發現鉛筆盒不在身邊，就像來到球場忘帶球拍，一時腦子一片空白，球發不出去，球場一片寂靜。

今天有明確的功課，需在平板上修改文章，其實可以不必用到筆，是放鬆的時候，我告訴自己淡定。

去跟櫃檯借支筆的念頭起起浮浮，最終還是受不了干擾起身試試。瀏海遮眉的女工讀生從櫃檯這頭走到那頭，回頭告訴我，沒有鉛筆，原子筆可以嗎？

是意料中的事，又有點出乎意料。輪班的服務生全是工讀生，老闆娘三歲的小男孩每次溜到桌邊，就愛跪到椅子上搶走我的鉛筆像失控的車針亂走亂滑，非得趕緊拿張紙送到他筆下不可。我以為會有一支鉛筆在櫃檯裡面。

上一次在另一家咖啡館裡找不到鉛筆盒，著實感到十分懊惱，坐立難安。跟櫃檯借不到筆，我向走到我身旁來的一個服務生開口求助，那是唯一的希望了。

他凝著笑意在店裡穿梭巡視，走路踮著腳，拿條抹布東抹西抹，經過一遍抹一遍根本沒人來過的桌面，好像在揮趕蒼蠅。一不留意他跑到店外面去了，招牌黑眼鏡綠圍裙赫然出現在客人眼前，舉手用力擦抹著透明的玻璃。有時可以聽見他照本宣科誠摯地推薦著店內新推出的優惠組合、兒童餐點，對象是沒有點餐好像只是來吹冷氣的客人，以及攜帶外食的媽媽和小童。顯然只有他看見國王的新衣，並且勸國王把它穿上！這招厲害，聽見他一派天真無邪的肺腑之言，我的嘴角就會懸在半空中，替老闆和其他點餐的客人高興？替當事人下不了台？都是，也都不是。

他也會裝熟找客人閒聊，或叮嚀事情，這就不是機器人做得來的。有一次因此被客人狠狠趕開罵囉唆，但沒隔多久就有一對客人找話跟他聊，他重拾熱心，欣喜的告訴他們，下個月他和父親將有一趟日本之旅，自民國幾年以後他就沒再去過日本了。

那次我沒頭沒腦開口跟他借鉛筆，他莫名其妙整個人愣住了。我只是直覺他應該會有個鉛筆盒在身邊。

輯四

餵貓練習

他們去睡午覺了，我慢慢在客廳東摸西摸吃不完午餐，失去耐性的母貓待在紗門邊喵喵喵叫得更凶，催促我快點。

牠還不習慣我，看見我先給個張嘴大吼。我也不習慣我還有餵貓這個工作，有時不小心把菜吃光了，還要去冰箱找點魚乾哄哄牠們。母親說牠們挑食，真的是，不是有食物就好，牠們總是先把最愛的魚吃完，再勉強揀菜吃，或飯，要是不合胃口，感到失望，趁我還未上樓，很快母貓又會來門外喵喵喚人。我出去院子看見飯菜減少不多，便反問牠，不是有嗎？

三隻小貓一哄而散，溜到圍牆上瞪著我看，隨時準備跳牆離開。牠們動作熟練精準到讓我討厭，好像倒帶重播，每次都一樣。總是由母貓單獨和我談判，牠沒一次給我好臉色，嘴巴張得非常大，展示又尖又長的牙齒，喉嚨發出嘶吼像眼鏡蛇一樣帶著強烈的威脅性，像要把人吞噬。

明明我手上端來餐飯，牠還是要擺出一副很有骨氣不好欺負的樣子。幾次交手雖然知道牠不會真咬我，還是放慢腳步以示尊重，不敢大步走到牠的餐盤邊。即使在倒食物的當下，牠仍不鬆懈，直到我完成牠希望我完成的工作，牠才收起攻勢靜靜看著我，要我回屋裡去牠才肯吃。幾天之後我便對牠說，好啦！別裝凶！牠也迫不及待當面吃了起來，只是還不放心的撇臉偷瞧我。

母親告訴我，牠剛夭折了一隻小貓，可惜！都比手掌還要大了。也許這也是牠嚴格把關外來者的原因之一。這些小貓大概是我兩個半月前回家時剛生不久，那真是個糟透了的開學前八月底，雨落不停，哪也不能去，每到煮飯時間就聽見伴著雨滴的貓泣在廚房外面縈繞，我還狐疑一向在前院活動的貓怎麼跑到後面來了，原來是為兒乞食。這麼想來，牠現在扮著一副大老爺的模樣也是應該的，牠們算是度過一段艱困的日子，正在品嘗平靜的秋天。

感謝這些食客，牠們解決了我回家常有的東西吃不完的困擾，我不必再於事無補的告訴母親我胃口沒那麼大飯菜不要煮那麼多，免得丟也不是收也不是，一餐吃過一餐。有時我趁著他們去睡覺或不注意把剛煮的魚和剩下的菜全都拿出去給牠們吃，母親的確有點心疼，也只能睜一隻眼閉一隻眼。菜剩得不夠多，有飯拌魚湯汁牠們的接受度還比某些菜來得高。陪母親去看病那天，中午炒米粉晚上吃湯麵，牠整日喵喵慌叫，臨睡前父親還說，明天得煮飯了，貓沒東西吃了！

一隻公貓趁我們不注意混進來和牠們一起進食，母親說牠大概就是貓爸，一家五口都同個花色。有一天似乎是母貓的前男友也矇進來了，牠的花色顯然不同，體型更為壯碩。這就是母親叫我不能給太多食物的原因，牠們會越來越多。

唯一一次牠出手抓我，我才知道這傢伙有多機靈，那天姊姊特地從市場買了新鮮又便宜的魚，說要給貓吃，父親還討著要吃，我將那些魚倒進盤子，想用湯匙分切其中一塊，牠馬上翻臉出手攻擊，留下左手背上三道抓痕給我帶回台北做紀念。

聊天時光

「她們怎麼有那麼多話好講，講一整夜都不睡！」

我把報上的一段話念給她聽，「哈佛研究顯示，不斷講自己的事可以刺激大腦裡的報償中樞（和嘿咻運動啟動的是同一個），難怪滔滔不絕講自己的事是如此爽快。」

妹妹指的她們是阿嬤和一個外表貴氣但聽說會捏媳婦大腿的姨婆。其實愛聊天的不止這個姨婆，她們回澎湖，都要跟阿嬤擠在一張床上，彷彿要在黎明前把所有想跟對方訴說的話都講完，白天還有白天要講的，妹妹小時候和阿嬤睡在一起，自然深受其害。最近這個姨婆的兒子媳婦回來掃墓，把床上閒置的東西搬開，在那床上過夜，我也才意識到阿嬤那一代人全都不在了。

家裡訪客最多的是父親，訪客又多待得又久的則是阿嬤。大概因為她自年輕就是個沒有男主人的女人，善傾聽又很能聊，特別吸引壓抑慣了的婦女朋友，她們來她屋裡能暢所欲言，近悅遠來，幾無一日間斷。記得某日午後高中時的我自房間走出來，看見她和朋友兩歐巴桑肩並肩直直坐在客廳，問她們在做什麼，她說你不是說要讀書，叫我們不要講話！我笑了出來，不信她們真沒講話，一定是在耳語。

她們之需要找人講話更甚於我們，好像水庫需要洩洪，沒有別的管道。阿嬤回房睏了一下，又悄悄浮現在她房門口的椅子上，就怕有人來找她講話探頭不見人悄悄走掉了，她了解那種失望，也是她的遺憾。談天，偷得半時閒，犧牲睡眠也無所謂，好像是工作暫告一段落的小犒賞。熾烈的太陽下戴斗笠的老婦人孤獨緩慢地走在熱烘烘的馬路上，遠遠望去兩條腳好像給熱彎了，越走越近，見她一臉愁苦，拐進庭院，推開紗門，摘掉斗笠，默默在阿嬤身邊的椅子坐下來。

阿嬤眼睛不好，聽聲音辨人，歡喜地明知故問：哪來這個人？連耳朵也不好時，則會抓手抓臉來摸，罵她故意不作聲。

午覺時間的相聚，有自覺地壓低音量，有沒有聽進去，好像也不那麼要緊。沒有咖啡茶點，也不需倒杯開水，純粹就是發發牢騷，交頭接耳，另一種休憩，另一種進食。

傍晚準備煮飯前的一段空檔，或者煮完飯喘口氣等待吃飯，都是適於聊天的時機，這時年輕人不在家更自在，時間不長，自己也笑就是愛「行腳花」。屋裡坐坐，門口談談，有時幾個席地在廊下向著馬路開講，談天說地，像電線上嘰喳的一排麻雀。

一個住在東邊黑紋眉金耳環的老婦人幾乎天天來報到，聊天如同整理記憶，惦念著回想著說給對方聽。老婦人的老伴對她惡聲惡形已是家常便飯，她不吐不快經常告他狀，也總以等一下他找不到人又要被罵作為告辭。也是她，無論阿嬤如何連哄帶騙，絕不開口吃你招待的任何食物。數日不見她來，阿嬤顯得有些無聊，叨念著她去了高雄多少天。她終於回來了，一來就說，她今天要回來，媳婦一大早急著把她睡過的床單剝下來洗，就不能等到她出門坐飛機才做這些事。更長一段日子不見她來，原來治病去了，再見她時雖然面容枯槁，嘴巴凹陷了一塊，從微弱的聲音疲憊的笑臉可以感覺心情是平靜而愉快的。

時移季往

生醃珠螺我從來沒嘗過，活生生的珠螺拿鹽巴浸漬，會是一種潮汐和海岩的原味吧，我看他們嚙得津津有味。但吃更生猛的生醃螃蟹的只有賢姨婆，她動作快功夫好，每次回澎湖不過幾天，不知道她什麼時候下海把螃蟹抓回來，找個隱密的地方醃好一鍋在那兒，完全不假他人之手。等她忙完探親祭祖訪友全村走透透，差不多是該返高雄的前一天，早餐後午餐前，剛剛還悠哉悠哉背著手在那兒的人突然不見了，悄悄溜出後門外，背著屋子挽起袖子蹲在地上，盡情享用那鍋螃蟹。

吃醃珠螺的人至少還有一點用筷子吃小東西的優雅，拆剝生蟹得赤手空拳，嘰嘰吱吱地以口吸食，若不是阿嬤故意去搗蛋她，笑哪來的這個野人，我們雖想也不敢上前去觀看她生吞活剝的飢渴樣，不過，光看蹲食的那個虎背熊腰的背影也夠駭人的。這好像也是一種變臉，光鮮亮麗的都市人變了一個人。

這是極遙遠的記憶了，後來我也離鄉背井，不再遇見她，直到某年冬天我們不約而同從台北和高雄回到澎湖，我對她外貌的改變很快就適應了，沒有見面的日子她的衰老歷程大致可參照家中的阿嬤來想像，放進一些蒼老的共同元素在身體各個部位。不同的是她皮膚潔白，頭髮為了返鄉赴宴特別洗剪染燙過，整個人有一層保鮮膜包束起來的感覺。然而最大的轉變，使人突然認生的是，她戒葷茹素了。

一向無往不利的待客之道與熱情都派不上用場，父親不知道該怎麼招待她，唯有從菜市場買回一大把翠綠的芹菜，擺在黯然的廚房，彷彿還活生生的長在那裡。所幸是冬天，還有幾樣自己種的菜好獻寶。只見不知煮什麼好的母親念念有詞，每餐都是芹菜炒青菜、薑絲爆香炒青菜。

她不再一親芳澤的是活色生香的海鮮，彷彿也是和她們一樣垂垂老矣的鄉土。從前她只要一返來就絕不會錯過任何一次退潮下海，且是看好潮汐回來的，她的捕抓技術不遜於經常在海邊討生活的人，她及時行樂享受食物更享受重溫往昔生活，馬不停蹄的想彌補闊別的損失，想盡辦法將新採集的食物和記憶帶到她的都市生活裡。可能因為這樣，她對我們而言特別有親切，和鄉下人沒兩樣，甚至有過之，任何人給她東西都喜滋滋的，從不棄嫌，不用對她客套。

現在的她就只是待在屋裡和阿嬷話家常，這也是她此行唯一的目的。陪同她回來的兒子，一個胖胖的中年人，時而站在一旁呆望著眼前專程來找人說話的老婦人，時而靜靜走到樓上客廳坐著調適局外人的心情，像是我們常在紀錄片裡看到的無所適從的異鄉客，一雙悵然若有所失的眼睛。

阿嬷過世後我問起她那些老姊妹，才知道賢姨婆走得比阿嬷還早，原來那是我最後一次見到她，雖然那時她看起來多麼神清氣爽耳聰目明，外表比阿嬷強得多。那個冬日下午我煮了湯圓給她們端來，她很歡喜，直說我乖，沒想到那就是個 happy ending 了。

照片輸出

我在新竹關西一家照片沖洗店門口看見一張海報，大標題是「Google 副總裁：照片不留紙本只存電腦，未來會消失。」並沒有如他所奉勸的，「如果你有真的非常心愛的照片，就把它洗出來變成實體。」趕快跑去光顧冷冷清清的沖洗店，而是想著這次回澎湖要再看看那冊相本。

存放在樓上電視櫃底的相本，裡面有姊姊高中時期的照片，看他人年少時代的照片不像看自己，可以少點情感波動，不致那麼認真、計較、傷感，但又可立收年華似水的感觸，像被枯乾的玫瑰花刺扎了一下，刺痛而振奮。

她是那種小姐頭，排行老大，聰明伶俐，伶牙利齒，大眼尖鼻小嘴巴，精華盡出拿去發展別的，就是長不高，對此，她說是小時候背弟弟妹妹所致。

至於她那隻全家僅有又陡又小的美鼻，她得了便宜又賣乖地說，初始不是這樣的，有一回長了個小瘡，好了之後就變成那樣了。看著那些有稜有角的照片，會想起這些事來。她在學校總擔任幹部，班際歌舞比賽的核心人物，自然擁有比我們多的照片，這一冊不明原因遺落在家鄉。

那時她有本淺綠色的剪貼簿，貼著從報紙上剪下來的模特兒和明星照，她說：「這樣以後拍照時就不會不知道擺什麼姿勢了！」少女拍照，躍躍欲試又手足無措啊！和閨蜜約了一個好天氣，像晾衣服似的拍幾張照片就去換套衣服，你穿我的裙子，我戴你的帽子，所以不能離基地太遠，最不受干擾的地方便是屋頂上，無需挑選背景，全是一大片水藍布幕。她們互為模特兒和攝影師，小心翼翼把像稀有動物的照相機捧在胸口，像抓著一隻不受控制的小鳥，怕一鬆手，它就飛了。

卻也挺怕去打開那個櫃子的，太多舊事舊物囚在霉潮裡，尤其繼承三月霪雨的四月天。幾乎不會有人來動它，我以為一伸手便能觸及，不料將櫃子掏空，發現它不翼而飛了。不得不重新整理，一邊漸趨冷靜的想起來，驚訝自己的健忘，那相本是我給它一雙翅膀飛走的。

幾年前寫《流水帳》的時候，我想要六〇年代的氛圍少男少女的造型，因而仔細研究那冊相本，現在還印在我腦海裡的是她在某一次郊遊的打扮，她個頭小合照時必定站前排，紫灰的長袖編織上衣，顏色近似半乾海菜的寬襬長褲，把秋天穿在身上，那尖削的下巴和凝靜的眼神已經在等候三十年後我的觸動與凝視了。照片雖未發霉，但塑膠頁片僵冷的觸感，翻動如撕開鬆脫的撒隆巴斯，沾了一手灰黏換頁時突然重重墜落，叫人害怕。那天難得說做就做，立刻將它打包寄歸原主。

我有幾張照片反倒因為發霉而成為真的非常心愛的照片，它的年代還沒有姊姊的照片久遠，可能是隨著主人經歷多次遷徙，絕大多數時間處在封閉幽黯之中，除了季節冷暖交替，還額外遭遇了我所不知曉的災害，照片像調色盤暈染著使用過的各種顏色，上面有扭動如抓痕的線條，有如石灰老屋的蒼白斑駁……可以解析出許多的星夢淚痕。換個角度看，很有藝術感，並且非常慈悲的避開了主角的臉龐。我能做的就是把它們從變質黏結的相簿封套內撕扯下來，夾在一本全新的筆記本中，伴以一個除濕盒。後來還是把它拿出來拍照，存放到電腦裡面去了。

作文分數

徵文比賽初審，他們要我圈選出十篇文章，起先我在最為欣賞極為可能美夢成真的文章後面打勾，相當出色不無可能突圍的文章後面畫圈，到頭來勾勾不管超不超過十個，得再一次二次地在勾勾和圈圈之中比較高下。後來嘗試改成明明白白打個分數，很明顯的前十高分入列，可是這又不是運動賽事進球得分，一樣不放心，必須回頭將分數相差不多的都找過來重新面試一番。

這是一個篩選的工作，但是沒有篩子，選出心目中的好作品，心目為篩。不過評審到底不是老師，有的不公開，不見面，也不必負責任。以前常有人跑到老師面前指著改錯的題目討分數，卻少有人會拿著作文簿跑到國文老師面前要個解釋，但他們會用納悶不服氣的眼神沉默問著為什麼，特別是打聽出死黨、鄰座同學的分數之後，內心不平卻不能鳴，國文老師畢竟是作文的指導老師。

我拿過最高的作文分數是九十九分，國一的國文老師給的，他高瘦斯文彬彬有禮，臉上總掛著害羞的微笑，得到這種分數，開心得不得了，對他的印象更加分。記得好像是一篇「如果我是……」這類型的作文題目，正是我最不擅長的發揮想像，然而一旦分數高了，就不需要問為什麼了。教完那一年，他離開學校，多年後輾轉得知他的近況，原來他一直在城裡教書，而且是一名數學老師，說起當年在鄉下當國文老師真是苦惱極了，上課不知道說什麼好。真相大白，他臉上的靦腆原來是因為不知所云。

毫無道理的最高分！完全無話可說的最低分則發生在小學中年級。九月開學後的第一個禮拜第一篇作文，題目是幾乎年年一樣的「暑假記趣」，那年不知怎麼的中秋節來得特別早，可能開學那幾天就過了節，我一時太喜歡那個中秋節吧，竟然將它寫進我的暑假記趣裡，那老師的樣子看起來有點糊裡糊塗的，腦子卻不糊塗，看到我寫中秋節大概沒再看下去吧，在題目上面直接批改一個「丙」，這對曾經把一篇作文整整齊齊抄好讓老師貼在園地布置上的我，任何科目都沒有拿過甲以下的小學生，真是晴天霹靂加奇恥大辱，更慘的是一個常斜著眼看人的男同學還把這當作新聞回去說給他父親聽。他父親和我父親是農友也是釣友，兩人時常一起討論耕作和補網的事，我父親生了三胎還是女兒，他父親頭一胎就生了他這個兒子，但我在學校的表現一向比他好，難得出現一次大敗筆，怎可能不張揚。雖然我父親不太關心學業的事，但這個「丙」也實在令人好奇，他還想親眼看一下我的作文簿。

數字畢竟是數字，沒有內涵，無法說明什麼。我最感到欣喜的是有一次我的高二高三導師，也是國文老師，在發下作文簿前當著全班的面說，段與段之間的連接是我們最需要改進的地方，全班大概只有一個人沒有這方面的問題，我聽到我的名字，那時我一定臉紅了。

街頭家庭

他們還沒有上街頭流浪之前是住在我們小巷裡的一戶人家，在某些特定的日子把金爐搬出門外馬路邊，由兩壯漢兒子負責把金紙一張張老老實實放進燃燒的火苗中。

可能因而對他們產生印象，當有人粗糙地形容他們是「那兩個褲子穿得高高的」，我也知道指的是誰，以及這話中有話，把衣服規矩的紮進褲子，腰提得高高的，像個小孩童，意謂他們的心智年齡好比孩童。

他們失去居所展開沒有遮蔽的生活，沒有人會感到太訝異，只是想弄懂是否一家四口都怪異，但都不是太肯定。初始他們有一段還有寄望的過渡生活，管家的母親繫著一個腰包背桿挺得直直的，和打點午餐的上班族一同過馬路去自助餐店，沒有人比她走得更直更大步且面帶微笑，便當一人一個。

他們繞著鄰近商圈的日升月落運轉，把家當疊集在兩台平板推車上，高近胸口，寬度也很節制，推起來穩穩當當，頗似搶地盤的流動攤販。活動在這個市集的人也許記不得他們流浪的年份，但隨便也舉得出幾個他們落腳的點，記憶方式因人而異，有人以歷經幾次選舉來計算他們出現在街頭已經多久了，因為沒有任何一個層級的候選人能幫我們或幫自己解決他們的問題。

在便利商店旁邊最融入人群，靠服裝店的廊彎比較乾淨，廟營的停車場也不宜久留……他們駐足的沙洲一個接一個消失。兒子臉上出現爛痘，頭髮和衣著日顯骯髒，但他們訓練有素，趿著拖鞋走過擁擠的傳統市場身體不會碰撞到任何人，且彷彿日漸輕盈，更不會讓生活教會他們的哀愁眼神外流到別人的眼底。外表體型相似的兩兄弟也習慣了單獨行動，使人疑心是否只剩下一個。

越來越不會有人懷疑母親的智慧了，不堪流落街頭的女人她梳綁萎白的枯髮維持個家常，安穩的坐在路邊，像個出來餵鴿子兼曬太陽的老寡婦，默默起身過馬路去買車輪餅。越來越多人看見做父親的擔當，他日間在市場討生活，賣幾把也許是菜販施捨的蔬菜，他的樣子風塵僕僕，但他不懂假扮小農，大袋裝的蔬菜令小家庭的主婦皺起眉頭。後來他跑到捷運站出口練習乞討，這個必然的墮落順序沒有人會弄混。他畢竟是生手，臉皮又薄，得在天黑下班人潮洶湧過後，倚在離出口七、八公尺的圍牆上，狀似等人，時而張望時而伸出雙手呈一小缽狀。憐憫他的人大抵是見過這個弱勢家庭的附近居民，怕他記下他的樣子，給了錢盡速逃逸。

現在他們算是安定下來了，白天在公園外圍的腹地駐紮，兩車如同兩櫃倚靠著花圃，一人一張塑膠小凳坐著，太陽下一人一頂斗笠戴著，兒子越來越懶散，把腿伸得長長的，母親喜歡蹺二郎腿，且自言自語起來。父親則若即若離的坐在離公車站不遠的最前線，地上放個塑膠小臉盆，銅板落下，他脫口就是感恩和吉祥話。

太陽下山後他們把家移到對面他們盯住一整天的銀行走廊，拜廊外裝飾的柱子和一小面圍牆所賜，屏障昏暗，母親早早鋪好床蒙頭躺下，兒子坐在一個大臉盆裡玩耍，父親加夜班似的坐在牆外走道邊，讓路人看見他腳邊有個小臉盆。

繞道而行

前面拉起一條黃色封鎖線，幾名工人密集於一個工作區塊，走在前頭的青年掉頭折返，我遲疑了一下，右轉走上一條閣樓小梯般的歪曲岔路，往施工的方向前行，站在高處看見工人們已經立好夾板，在山路上面方整地鋪設好網狀的鐵條。到底是八月那個颱風還是九月那個颱風造成的損傷，這處山路邊坡的圍欄走失了一段，路也塌了。

逗留片刻，我仍猶豫，眼前構築完好的木作梯道實在讓人沒有打退堂鼓的理由。循著木梯拾階而上，走一條高路到達目的地。細雨飛濛中仍循此路下山，途中遇見一個短衣短褲的年輕人微笑對著手機自拍唱歌的畫面，曲調陌生，但簡單的英文歌詞明顯是祝福的意思。

睡前才想起明天就是跨年夜了，這時候才修築行路未免太遲。

隔天，我站在同一個地方看應該是同一批工人在淅瀝瀝的雨中繼續未完的工程。圍欄未修，剛剛鋪平的灰白路面泡在水中，像一座冷炊的年糕，那畫面多麼的弔詭多麼的戲夢。真不知道這路晚上如何撐起上山看跨年煙火的人們。

元旦假期結束後，黃色封鎖線像衝刺線被抵達終點的跑者揮落在地上，遠遠望去，那截趕工完成的路面留有泥濘紛沓的痕跡，工具和原料退居路的兩旁，工人不在現場，留有一塊看不見的告示牌，寫著「未完待續」。

又一次遲疑，又一次走上前兩回繞行的木梯，多花一些時間多走了一些山路。跨年夜有多少人繞道而行、多少人走「原路」不得而知，我之接受繞道而行捨棄原路，間接與跨年產生關聯。原路本就是條險路，不說坍方，這兒山路狹窄，山壁陡峭，幾近直立的威脅。若非此路不通，執著於習慣的人不太願意嘗試別人設想好的另一條路徑。

路的兩側伴隨著高低起伏的樹木青草和岩石，視野也更加遼闊，你是走在山上，而非山壁下了。這些景觀被視為理所當然，好像跟預期的差不多，馱走我目光的是毛毛蟲們，邊走邊將手溜行於扶手上的人恐怕會掃到許多毛毛蟲。

我一路納悶，這時節怎麼會有這麼多毛毛蟲？牠們在忙些什麼啊？只見牠們毛刺昂揚奮力蠕動，且似乎特別鍾愛木料質地的扶手，隨處是牠們奔忙於長城上的身影。那錦繡的華袍和袍下的七腳八腳，彷彿活蹦亂跳的舞獅。

我停下腳步來看一隻大螞蟻和牠碰頭，螞蟻被牠一刺，閃到一邊去了。我再度啟動的步伐又為牠停了下來，這回將與牠狹路相逢的是另一隻毛毛蟲。望著牠們從兩端走近，突然好像被牠們夾擊而毛骨悚然，長在前頭角度前傾如犄角的那根毛互相碰觸的剎那，牠們各自往旁邊偏過頭去，動作劃一如跳雙人舞，且同時頓了兩秒不動，再繼續偏斜地往前爬去，誰也沒有繞道而行。

十六度C

安裝在和室的冷氣機很少做冷氣機使用，而是溫度計，早晨起床我踱到房門口頭一偏眼一瞥那兩位數的阿拉伯數字，就好像對今天的一些事情了然於心了。這是除了日期我所能擁有的一組有波動的數字。在它旁邊是一扇大大的窗戶，玻璃窗透出窗台上的植物，背襯一片天色，我想我應該是順便瞧見了。

住到高樓房子後不知不覺養成探知氣溫——其實是室內溫度的習慣，或者說不知不覺被那部機器那組數字給制約了。在這之前我一向住在公寓低矮的屋裡，沒有溫度直接顯示在牆面上，也不關心氣象預報，透過包覆著我的房屋和身體自然感覺每一天，只有出門和換衣服時會稍稍想一下，不放在心上。年少時讀徐志摩的散文，指城裡的人不用心體會四季了，把因應氣候轉變的衣物用品當作季節變換的指標，別人穿棉襖跟著穿棉襖，別人起火爐跟著起火爐，當時覺得他說的對，他們確實如此，現在我也變成了離土地遙遠的城裡人，且是更呆板的城裡人。

那匆匆一瞥，或者用它來印證我的感受，或者用我去反映它的感受，都是不知不覺地，並無實際需求，只是想知道今天的我在什麼溫度裡罷了。就像護士很制式的幫病人量量體溫，除非溫度過高或過低可能喚起一點額外的注意，情況嚴重才會設法改變這個數字。

一年裡最頻繁關切溫度絕對是炎炎夏日，心底嘈嘈切切的就這幾種句型：才四月中就三十二度了！才早上十點就三十二度了！已經快晚上十一點還三十二度！能少一度也會讓我心底好受點，反之我認為它應該不止這個度數，難怪我燥熱難耐。到了冬天，反覆出現的幾個句型遂變作：已經十六度了！怎麼還十六度？這個數字無法說明我的冰冷，我懷疑它有所欺瞞。

怪的是這部冷氣機顯示的溫度兩極永遠停在三十二與十六，不管電視新聞如何了不得的報導今年的最高溫三十九度最低溫七度出現在何時何地，它就是無動於衷，不再上升或下降。我為此感到失望，也是對自己的能耐感到失望，大多數時間我就只生活在這僅僅十六度C的溫度變化裡，等於一季四度，四季十六度，當真是舒適圈，納米比沙漠一天的日夜溫差就兩倍於此。

那不懷好意的匆匆一瞥，緊鄰的窗景總是落井下石地使我感覺更熱或更冷，彷彿它們分工合作，一個負責數據一個負責以景象表述，後者的作用其實超過前者，蒸融的一片膠陽，或者凍結的一片蒼茫。到底還是數字比較理性，圖像僅供參考。

一月下旬的強烈寒流連平地都下起雪來，起初人在澎湖的我並沒有特別在意這件事，隔了兩天想起台北家中的溫度計這回應該降至十六度以下了吧，可惜沒有人為它做見證。倘若它仍停在十六度，我常疑心它有問題便是真的了。也可能那只是給冷氣機的溫度計，它只負責十六到三十二度之間的反應和控制，十六度以下三十二度以上的感受就不干它的事了。

隔壁的房間

像列車進站一般，客廳擠滿了人，我們圍著小長桌聊天看電視，吃一頓長長的晚餐。好想提醒他們小聲點，阿嬤在睡覺了！不是突然忘記阿嬤不在了，而是感覺她一如往昔在牆壁後面的房底歇著。妹妹說：「對啊！我也常常以為！」

天人永隔說穿了只是一牆之隔。感覺逝去的親人仍然存在，和那段預習別離的日子形成強烈的對比，雖然身軀還在原來的地方，但她的靈與魂已經走遠，斷了和我們的往來。

阿嬤的房間在客廳倚牆的沙發後面，她的床也背靠著這道牆。她的晚餐早，五點半多菜剛炒好，一個人有些淒涼的趁熱吃了，就著她專屬的餐桌。從前如果她知道他們要來會盡量待久一點，打聲招呼坐會才離席，有時她先去睡了，尤其冬天，妹妹一來就趕快去叫聲阿嬤，她總一副不在乎地說：「我要睡囉我！」聲音聽起來還很精神，想是以耳朵參與，在枕頭上好整以暇聽外面的人在說些什麼，想著這是誰的聲音，那是誰的聲音，誰來了，誰好像沒有來……。遇到最好別讓她知曉的事，大家還要噓的一聲。

七嘴八舌中顛倒入眠，醒來驚聞林鳥夜會，忘了是同一個晚上，起身開門看見昏霧的日光燈，眼睛用力一瞇一張，表情錯愕，恍似誤入了別人的夢境。稍回神，弄清今夕何夕不干她的事了，便喃喃自語：我還以為……現在是幾點了……也不知日時抑是眠時……一內面的人蟻蟻爬……。有時掉頭出鏡，有時東南走向西北半懞著斜穿過亮晃晃的客廳，去上了廁所再折回房間。大家也盡量依然故我不和她攀談，免得過於清醒，無法再睡回去。

她開始偶爾神遊在自己的幻境裡就更顧不得招呼我們了。還以為可以喚回從前的她，不希望她有太多時間抽離現實，盡可能在房門外那張椅子多坐一會，有一搭沒一搭有時迷惘有時清楚地附和席間幾句也好，不讓幻影有機可乘。我們輪流著去和她說話，那交談的第一句何時變成你知道我是誰嗎？她笑著大聲回應，我怎麼不知道你是誰！你是誰誰誰，接著正確無誤說起關於此時的你，那會讓我們自覺杞人憂天暫時感到輕鬆愉快，好似喝了一口美酒。

漸漸地列車進站，她沒有下車的時候居多，她那跨越時空飛天遁地的生活也夠疲於奔命了。美食當前，家族的笑話新的舊的一個接著一個，我會偷偷去扭開她的房門看她一眼，她不像以前那麼警醒馬上翻身，母親急著揮手叫我們莫去吵她，夜半不睡的老人和嬰兒一樣麻煩，不是已病就是將病。

她永遠只有一個睡姿，狀似安穩，在床沿這邊，側著身子，向床中弓起膝蓋，兩手交握放在臉旁邊。夏天一定有張椅子放支風扇吹著她那中央山脈般的背脊，完全不蓋被，冬天也只有薄毯，不用棉被。妹妹說她皮很厚，不怕冷，幾乎不感冒。

實在受不了牆壁另一邊所襯托出來的一個人的孤寂，我默默把門帶上。一個人在車上沉沉地睡著了，就別多事去點她的肩膀，問她，你坐過站了嗎？

浮現的窗子

這屋子有兩個沒派上用場的冷氣窗口，給砌了一層玻璃再封上一塊木板，糊抹和牆壁同樣顏色的漆，隱身多年後，不約而同現形，木板脫出，裂紋爬在牆壁上，出現在臥床枕頭上面的比客廳沙發上頭的來得嚴重，好像一條蜈蚣，食人夜夢。

動手將木板撤除才知道多慮了，鬆動可能只有百分之六、七，要掉下來砸人可還要好一段時間，既已破壞就只得往前不能退後，敲敲打打費了九牛二虎之力，弄得一屋子灰才將它移了開來。

暫且張貼兩張郵局出版的月曆以遮蔽玻璃透進來的日光，一張印有盧雲生的〈梨子棚〉，一張是陳澄波的〈夏日街景〉。窗外無高樓比鄰，白晝晃亮，夏日豔光穿透，兩畫如幻燈片放上燈座那般浮亮升起於窗框。畫中平日看似相連如山的綠堆堆，這就清楚的顯現出是一棵棵壯麗濃密的大樹，地上熱塵黃煙瀰漫，使人不禁瞇起眼睛來。梨子樹黯然的樹幹也展露其蒼勁的紋路，楓葉褐、卡其黃、薄荷綠，枝頭舊葉新葉躍然紙上，彷彿陽光灑進天井來。

客廳牆上的那塊木板威脅性本來就不及臥房，知道拆卸的困難後遂一直擱置著，放縱裂縫視若無睹，訪客問起，以為是地震震裂的。這個冷氣窗台築在陽台上，上面放置一些植物盆器，假如能將這塊不安分的木板拿掉，不就是開了一扇有盆景的小窗。萌生想像，卻無行動，隱隱有個憧憬，近在咫尺的憧憬，一板之隔，一板之遙。

又興了一回沙塵暴，眉頭高的窗子終於露臉，窗內一草一物極為熟悉又素未謀面似的。

人說多一事不如少一事，因為絕對不止多一事。我開始以畫家之姿干涉起這幅窗的構圖和美感。那裡的物件原是以站在陽台的眼光來擺放的，沒有顧慮到另一個面向，有些閒置的小盆小罐推至玻璃窗邊幾乎被遺忘，現在都無所遁形了，該挪的挪，該藏的藏，踮著腳搭著手在陽台忙來忙去，每調整一次就要匆匆推開紗門進屋觀看一次，儼然布置櫥窗。

冷氣台上的植物最好是耐旱的植物，畢竟澆水不便，一盆多肉植物重重的「節肢」已將盆子拖傾，但倚在他盆身上，並未倒下，好不容易將它扶正，回屋內看來看去，還是喜歡原來微傾的樣子，像沉入海底水草間的寶瓶。

文竹和武竹擺在窗台外緣，長長綠綠羽狀的葉子事半功倍的襯起窗子的綠意，卻也很容易掉得滿是毛黃的葉渣。眼睛不長在頭上，不看見就算了，許久才搬椅子來清理一次，心想這個沒頭沒尾的身影從屋裡看起來應該像條大海鰻吧。忽然朝陽台外一望，人已高出圍牆，非常危險，還是快點下去吧！

伺弄與綠韻

～伺弄盆景

～喬木茂盛而濃重的綠韻，彷彿灑落在菊子那纖細的後脖頸上。

從川端康成《山之音》抄下來的片語和句子，多年後依然記得令人感興趣的是謎樣的這兩個詞，「伺弄」與「綠韻」。

日文原義為何不得而知，但似乎是一個令譯者費勁的詞，才會譯出這樣不太常見的中文用字——「伺弄」。直覺是一件有點麻煩有點挑剔的事，像是飼主與寵物，關乎到兩者之間的感受，又好像只是自娛。伺弄的對象是盆景，我伸手出窗調整花盆，想要改善礙了它生長或礙了我眼的景況，而被仙人掌扎到，就會想起「伺弄」，我在伺候也是把弄它，它亦如此回報。

巷口新開了一家日式料理，擺在迴廊上的木椅和盆栽對提升格調大有助益，但似乎是有小狗便溺，騷擾植栽，壞了店家的衛生，聰明的人兒想出防堵不速之客的方法，先是在盆邊掛上一環環樟腦，後來改以沿盆圈撒石灰粉，被這樣伺弄一番，植物呆若木雞，毫無品味可言。

山上一片喬木是綠韻，庭園一株喬木也是綠韻；在風裡光裡是綠韻，眼波凝視靜止也是綠韻；一般人偏好前者，大綠韻勝過小綠意，大自然的伺弄而非人工小手。

初出校門可以自由選擇的第一個住處非常美的有一片荷花田，深秋有人陷在空無一物的泥地上舞動鋤頭，我才想到它也許該叫做蓮花田。那時我連蓮藕都沒吃過也很少下廚，對於他們從泥巴裡挖取何物不甚好奇，只想著要有蓮葉何田田的景色還需等上大半年。

滿田蓮葉高漲的季節我自破舊的老公寓五樓慢慢往下走，眼睛望著下面梯間窗口，每一步都好像點進青井澤，綠水生波。出門即看見橫在小巷前面一大片小童高的蓮田還不是最動人的，最動人的是傍晚下班回家一段路後轉進小巷，忽然眼前一望無際的綠葉猶如一張大水床，蜻蜓在上面蹁躚起伏，每天都有歸園田居的感覺。

搬進台北市之前一個亮綠的週末午後約了同事來散步，見證我確實住在一片蓮花田樓上。那年夏末趕在綠葉潮去前拍了一卷底片，前些時不經意在舊物堆裡和它們久別重逢，部分照片因高溫潮濕而霉彩斑斕，完好處仍可見形如大鑼的蓮葉柔軟地被風吹出嫣然的襬褶，葉心彷彿有顆大露珠在那兒旋轉。

蓮田再過去即是車流滾滾的省道，那些年多虧它們幫我們吸收飛揚塵土，工寮開始出現在周邊，阻止不了的田死屋生，我真後悔回去，盎然綠韻不再，只見著一幅乾枯雜沓的景象。在舊筆記本裡或許還可以找到那時我開始練習文字寫生的草稿，費盡心思想要描寫一隻小白鷺飛來停在蓮田碧波上，最終它沒被發表，也沒法發表。

右手寫給左手

好奇3M是哪三個M而讀起一篇報導，文末看到這段話，「面對雲端時代，3M清楚知道用便利貼的人越來越少，逐步讓便利貼變成創作道具……」提筆寫字的人少得可憐，便利貼都派不上用場，其他的紙本產品怎麼辦呢？我想起十多年前我的右手拜託我寫給左手的一封信，至今還拖欠著。

那時我的右手手腕上長出一個囊腫，挺大的，掐起來會痛，不劇烈，細水長流型的痛。時間要回到我的老房子，現在想來似乎是幻夢，古老昏暗幽深荒涼，一股仙巫之氣瀰漫，使我一度誤信偏方。

一個很愛乾淨十分勤勞的女性朋友判定此乃筆耕所致，我嗤之以鼻，才寫那麼薄薄一本書，又不是著作等身，倘若寫字傷手，那麼從前從事這行業的人不就人人廢了一隻手，且大多是右手。我傾向歸咎於繁瑣的家事，避免人家誤以為我多辛苦的在寫作。那老房子雖有「六房兩廳兩廚兩衛」，但多半空蕪，我不比其他主婦勤快，我那朋友也沒有這種「媽媽手」的症狀，只能說手的使力方式和耐用程度不同。

上大醫院求診也是有的，結論是即使動刀切除也可能再長，放著觀察看看。為何當時那麼想除之而後快現在已不記得，那些道聽塗說愚蠢的整治方式倒還說得出來。先用朋友介紹的跌打損傷店買的草藥水煮熱敷，再以鄰婦送上門的民俗療法煙薰，水深火熱都是直接在那無辜的患部上面，因而燙傷的兩個疤還留在手背上。某天夜裡它忍耐到了極點突然火山爆發，灼癢刺骨，痛苦難耐，恨不得撕下這層皮。

醫生看見這隻手都嚇著，像入了油鍋，紅通通起著大水泡。打針、服藥、敷藥全派上了，水泡競相鼓脹、爆破、頹圮，把皮膚的痛苦帶進下一層。這時想起曾聽說師大路有個厲害的皮膚科醫生，幸好是個好聽說，他一看就知道是藥布疹，對症下藥，救回我的手。過後右手腕紋了一圈鮭紅，每遇體熱或碰了刺激性食物便顏色加深，像隻毒獸隱隱發怒作癢。

大災難之後還經歷過冬天痠疼針灸治療，以及粗心的護士電療不慎導致觸電，從此右手便患了憂鬱，把悶氣生到左手身上，批鬥起左手來。為什麼都是我在做工，她不用？刷馬桶我出力，寫字我彎曲，吃飯我服務，她只管在一旁閒著，到了約會，還是她溫柔地被牽起來。

這是不爭的事實，右手的手套永遠壞得比左手快，左手一隻一隻完好如初閒置在那兒，丟也不是，不丟也不是，雖想到一個廢物利用的辦法，將它反過來給右手穿，但是怕右手心理更不平衡。

我無言以對，只能告訴她世界上沒有什麼公平的事，答應她以後她刷三下左手也得刷三下，盡量讓她休息，唯獨寫字這件事請她多擔待，左手不會寫字啊！即便現在才令她練習，也絕對沒有你寫得好。

寫字是一種才藝，表現的機會越來越少，難得在居酒屋門口看見一塊塊小木板，在雨傘革命的廣場上一張張便利貼，雖然袖珍，然而是親手親筆寫下的祝福，且大多是嚴重遺忘寫字這回事的年輕人所寫的吧！

整個捷運車廂的人都在滑手機，一下下像逗弄孩童的臉，仍然是使用右手居多，左手也不少了，食指、拇指、中指全都分配到任務，畢竟這比寫字簡單，容易上手，不分左右。唯一例外的是一對坐在博愛座的老夫妻，老先生默默幫老太太按摩著指關節，這也是需要用手來聯絡感情的工作。

幫忙澆水的朋友

不敢開燈，踏出陽台即感受到黑暗中焦捲的葉子發出脆利的沙沙聲，好像焚燒後的翅膀被一把捏碎。

徹底枯萎了，薜荔！我以為會來幫忙澆水的朋友並沒有來。三階木製層板掛在圍牆內側，薜荔住在最低一層，離牆頭約二十公分，陽光不常直射，雨水多少滴濺，陸上颱風警報已經發布，外出四天三夜，首尾兩天一早一晚補水，應該不成問題，便放心出門去了。誰知雷聲大雨點小，看陽台上的景況便知道颱風並沒有為它帶來雨水。該怪自己，把氣象預告當作計畫，希望寄託在翻臉不認人的颱風身上，還玩心大發遲了一天返家。

那盆薜荔是陽台上最迫切需要供水的植物，唯一的犧牲者。它一邊從木階上垂掛綠瀑簾幔，一邊穩紮穩打向上攀爬，美麗的綠熨的葉子一片片攀貼在牆頭上，譬如令人豔羨的河濱堤牆上大幅薜荔的一小塊，Q版。但，恐怕不能再擁有了，盛夏兩天不澆水都不行難以起死回生的薜荔了。

「為了它們，我都不敢出國！」許多年前基隆停車場上曾經有個迷你的假日小花市，我親耳聽見一個女人這麼說，站得很近，她自嘲而甘之如飴的語氣我印象深刻。

可以來幫忙澆水的朋友著實難尋。不喜歡麻煩別人，但為了植物的歡顏你的歡顏，也不得不拉下臉來請求幫助，一年到頭唯一主動請客吃飯就是為回報幫忙澆水的朋友，送禮更不成問題。說穿了真正困擾人的是，植物彷彿沒有隱私，人有隱私，不是他願不願意來，而是你願不願意請他來，他不可能直達向陽的園地，必須穿透陰暗密閉的屋房，越過你的心理界限，來執行此一任務。

克服這些自擾必先忘掉電影上小說裡看到的那些暗中作怪的事情，例如羅勃．阿特曼的《銀色性男女》。在那個你既看不見也管不著的時空裡就讓他，或者他們，為所欲為吧，他們會小心翼翼不留下痕跡。你最好將大頭症和想像力縮小放進衣櫃裡，心底只管想著植物的飢渴生死遠比你的雞毛蒜皮來得重要，就會心甘情願交出鑰匙。

這個城市裡還找得到一兩個信得過的單純可靠的朋友，在大過年裡願意撥出點時間來為你的植物降甘霖，這是多麼值得安慰的事。有個朋友住得不遠，家裡也養著植物，但是初二必定得回遠方的娘家幾天，遂將這重責大任轉交給她的先生，雖然更加愧疚，也只能硬著頭皮默默接受了。這位先生平日工作辛勞，難得年假享受一個人的宅男時光，因著老婆大人交代的任務不得不出門，想來實在有點殘忍，何況他有時連家中的植物垂頭喪氣都不知不覺。

近幾年我改拜託一個單身的朋友，不過她必須照料年邁雙親的生活，又有一段車程，我們說好無論假期有多長，澆水的次數控制在兩次即可，遇雨則順延或省略，實在抽不出身也無須掛念。有時她把拜年和澆水兩件事排一塊，兩個行程形成熱鬧與冷清的對比，又似乎是同一回事，如果想像它們是一群執著可愛的朋友。

這位幫忙澆水的朋友近來為慢性病所苦，我對她噓寒問暖，叮囑注意飲食，真的只是擔心她的身體，而不是為了我那寂寞的小園著想。謹記勿再貪戀綠葉薄嫩閃耀的美，多養些耐旱的仙人掌吧。

第三株沙漠玫瑰

不記得多久了，我把我的第三株沙漠玫瑰從台北帶到澎湖，偶爾匆匆一瞥，住在蝸盆裡的它就是一副休了學的倦怠模樣，上次回澎湖實在看不下去，將它種到地上，繞著植株在土面排了一圈貝殼。再度見面它茁壯許多，花朵綻滿枝頭，像戴了一頂紅花帽，想起出門時我在台北的第三株沙漠玫瑰也正要開花。

第一株沙漠玫瑰來自高雄姨丈家，桃紅花，同住一個屋簷下迄今二十餘年。第二株開白花，約六、七年前購自住家附近菜市場的小攤販。兩相對照，顯然新株比老株勤於開花，雖然體格不相上下，都屬瘦高型。原本一起擺在和室窗台，新株搬到陽台後，雖然常有葉子外緣泛黃的問題，花卻開得較頻繁，各個方向各個樓層的枝頭，接連著含苞待放，每枝六、七朵聚集如小花束，一束束送上來。最先開在頂樓向陽那一側的花，背景是灰白的天空和圍牆，好像白花畫在白紙上，易被忽略，花白白開了。

待在原地的第一株沙漠玫瑰沒有了比較的對象，更是恣意地放空，久久才回神赴一次花約。舊時的同窗如今各據一方，分別作為窗台和陽台唯一四季開花的植物，或許仍舊面東，仍可得知彼此的消息，第一株沙漠玫瑰脫胎換骨似地不開則已一開驚人，人家形容花開得旺盛叫怒放，怒不可抑。一盆花直立於長方形的紗窗內，那構圖和比例像常玉畫花，只是常玉的花沒這麼喧鬧。

三即是多，後來買的第三株沙漠玫瑰移民澎湖之後，逛假日天橋下的果菜市場在唯一的花攤又買了一株，仍舊稱作第三株沙漠玫瑰。一般沙漠玫瑰都是五片花瓣的鐘形花朵，它多了一圈花瓣，找個理由買下來，把不知將它塞哪兒才能曬到太陽的困擾放一旁，想著下次回澎湖或許可以再帶回去，一樣用A4大小的紙袋提著上飛機。

新株較舊株善於開花，在它身上根本不成立，挨擠在窗台仙人掌間，光長葉子，比第一株更是寂靜。好不容易花苞在油綠的葉片上成形，只開啟一兩朵，其餘悉數萎落。有時我竟好像沉迷於植物帶來的這一點兒落空的感覺，玄謎的感覺。

這是近兩年來我所能記得的第二次，它真的有花要開，花苞直直自它一向健壯的葉片上旋出來，像一支支新買的口紅，有個俏皮的小椎尖。我懷疑上次的半途而廢是「溺」愛所致，這次一直克制著不把水對準它，遇到連日豪雨便急了起來，用一紙提袋將它接離窗台，行經和室與客廳，放在陽台地上。

當我從澎湖回來，它依然連同敞開的紙袋擱在地上，該不該回去窗台，我小小掙扎了一下。它的花苞仍在，卻無論開與未開都好像褪了色。也可能是我剛從一個陽光耀眼花姿冶豔的地方回來，才會覺得它黯然失色。更不解的是其中一枝開的竟是異於其他花朵的五片花瓣。如果開花是一場成果發表，它這是又怯場了抑或是憂鬱發作。

奄奄病黃中半開半謝完成了表演，暫且將它留在陽台一開門即看見的地方，有點留校察看的意味，看它花謝後又迅速恢復剛綠悠閒的模樣，每一個葉片都炯炯有神，洋洋得意的向我展示它的綠色凝妝。

印刻文學 555

潮本

作　　者　陳淑瑤
總 編 輯　初安民
責任編輯　陳健瑜
美術編輯　黃昶憲
校　　對　吳美滿　陳健瑜　陳淑瑤

發 行 人　張書銘
出　　版　INK 印刻文學生活雜誌出版有限公司
新北市中和區建一路249號8樓
電話:02-22281626
傳真:02-22281598
e-mail:ink.book@msa.hinet.net
網　　址　舒讀網http://www.sudu.cc

法律顧問　巨鼎博達法律事務所
施竣中律師
總 經 銷　成陽出版股份有限公司
電　　話　03-3589000(代表號)
傳　　真　03-3556521
郵政劃撥　19785090　印刻文學生活雜誌出版有限公司
印　　刷　海王印刷事業股份有限公司

港澳總經銷　泛華發行代理有限公司
地　　址　香港新界將軍澳工業邨駿昌街7號2樓
電　　話　852-27982220
傳　　真　852-27965471
網　　址　www.gccd.com.hk

出版日期　2018年 1月　初版
ISBN　978-986-387-220-7

定　價　240 元

國家圖書館出版品預行編目資料

潮本／陳淑瑤著
--初版, --新北市中和區：INK印刻文學,
2018.1　面；　公分.（印刻文學；555）
ISBN　978-986-387-220-7　（平裝）

855　106022114